证明

〔日〕松本清张 著

彤彤 译

东方出版社

証　明

松本清張

目　录

证
明

一

久美子最近非常忙。

她在为一份名为《艺术与性》的女性杂志打工，眼下，正忙着为即将出版的这期杂志做现场访谈——她承接了这份杂志的一个专版。

这份原本面向精英女性的知识读物，近来也受流行文化和社会思潮的影响而一改文风，出现了一些含有色情内容的打擦边球专栏。色情一旦披上知识和艺术的外衣则更具诱惑力，让人难以抵抗。

久美子很反感这种做法，但她无可奈何，改变不了什么——她只是一名配合记者做做现场采访、写写报道的临时工而已，与编辑部签的是临时聘用合同。当不了正式编辑，就不可能对杂志有话语权。结婚之前，久美子也曾给别的杂志社这样打过工，现在的这份工作是五年前开始的。

久美子承接的专版名为"从西洋油画看性"。这是久美子第一次独立承担整个专版的稿件，她跃跃欲试，颇感兴奋和紧张。桌上摆满了从图书馆和朋友们那里借来的西洋美术史、油画集、绘画理论等书籍，她正在一页页仔细地读着，不时在笔记本上写点什么。

暮春三月，夜空中仍透着一丝丝凉意。

白天四处奔波、马不停蹄，作息时间毫无规律，不能按时下班已是司空见惯。因此，晚饭后的一段时间是久美子阅读和写作的黄金时间，弥足珍贵。然而，此时从隔壁房间不断传来丈夫信夫夸张地撕碎稿纸的声音以及他重重地仰面倒在榻榻米上所发出的沉闷声响，完全搅乱了久美子的心绪，令她心烦意乱，如坐针毡，阅读和做笔记的兴致荡然无存。

隔壁的怪异举动不仅严重干扰了久美子的写作，而且对她的生活也宛如一场灾难。

而且，这场灾难已经持续了数年。

五年前，信夫辞去公职在家专事写作，成了名副其实的"坐家"。三年后，作为妻子的久美子每天晚上都能听到丈夫猛烈撕碎稿纸的声音。

几天前，信夫把自己长达一百二十页的作品投到了 A 出版公司所属的 L 文艺杂志社。不言而喻，这部呕心沥血的大作和往常一样——很快被退了回来。一个名叫 N 的年轻编辑对作品指指点点，圈出了一大堆"问题"。回到家中的久美子从信夫的脸色和举止上立刻得知了结果。一年多来，写稿、投稿、退稿，接着再投……周而复始，信夫尽管没有对久美子提起，但久美子从他的精神状态上就能明白无误地做出判断，进而决定采取何种对策。一般说来，如果被退稿了，他一定如同霜打的茄子，蔫头耷脑，魂不守舍，无心做任何事情；或是如芒刺在背，坐立不安，变得狂躁不逊。这种状态要经过三天时间才会逐渐恢复常态，然后再重整旗鼓，继续战斗——按编辑的意见对稿子进行修改。如果修改的进展没有像预想那样顺利，接下来的情景可想而知——怒火冲天地把稿子撕得粉碎，纸屑撒得满天飞，然后愤愤地夺门而去。信夫不喝酒，他只能去向同人杂志①的那些伙伴大喊大叫一番，发泄一通就去后山爬山，直到把自己的精神和肉体折腾得疲惫不堪，再回家蒙头大睡。久美子已经习惯了从隔壁房门紧闭的屋里传来的唉声叹气以及榻榻米上辗转反侧的声响，但每每如此仍是心惊肉跳，无法安心

---

① 同人杂志：志向相同的人们共同编辑发行的杂志，以发表自己的作品。

工作。

久美子表面上默默忍受，毫无怨言，但内心却坚信这是丈夫有意所为，故意弄出这些声响来搅乱自己心情——信夫有不可告人的目的。

而且，对久美子的一些做法信夫也是绝对不允许的。比如，拉开隔扇门去安慰他，或听他倾诉几句等。倘若这么做了，他一定恼羞成怒、暴跳如雷——他不想被人怜悯和同情。因此，在丈夫"喂"的一声呼唤她过去之前，久美子只能静静等待，等待这如同唤狗一般的声音穿过那扇紧闭的隔扇门。

久美子习惯把当天在外面的活动一五一十地记在笔记本上，比如像这样：

"上午 11：00 到达编辑部，中午 1：00 到职工食堂吃午饭，2：30 在田园调布①对作家 A 进行了一个小时的采访，4：00 回到编辑部，然后整理采访笔记至晚上 7：00，整理完毕十一张文稿。7：10 吃晚饭，8：20 在目黑②采访画家 Y 氏，9：00 结束，乘电车回家。"

---

① 田园调布：地名，位于东京大田区的西北部。
② 目黑：东京都下辖的特别区之一，位于东京都 23 区的西南部。

采访时间必须依照受访对象的方便程度而随时调整，甚至约在晚上九点后见面的情况也时有发生，不仅如此，对方爽约的现象屡见不鲜——待风尘仆仆赶到对方家中时，大门紧闭、寂无人声；或是言之凿凿定好了时间和地点，但久美子在咖啡馆苦苦等待三个小时也不见来人影踪。久美子从事的工作与打卡考勤的上班族不一样，一旦从家出来，上班的时间和地点都不固定。

不知出于何种原因，一年前，信夫的注意力开始聚焦在久美子在外面的工作上。起初，久美子认为这只是丈夫宅在家中太久，对在外工作的妻子的嫉妒心所致。孰料，随着时间的推移，这种关注居然愈演愈烈，甚至一发不可收拾——每天回家，久美子必须向他详细汇报当天在外工作的每一细节，一旦出现时间上的不吻合，信夫就会勃然大怒，而且，这种怒火一经点燃则难以扑灭，任凭久美子耗尽力气，说破嘴皮，他仍是暴跳如雷，根本控制不住自己的情绪……

久美子并没有留意工作的每个细节，更没有用笔把每一项活动的起始时间记录下来，有时竟完全忘了。因此，经常被问得惊慌失措、瞠目结舌，或是顾此失彼、漏洞百出，信夫就越发相信自己臆想的一切，脾气就越发暴躁，发怒的程度足以让人目瞪口呆。这位原本性格内向、自尊自爱的男人，以前即使

7

对妻子存有疑心也不会轻易说出口，现在则毫无廉耻，不顾忌自己的形象而在妻子面前破口大骂、恶语伤人，这些毫无凭据的臆想，无异于一支刺向久美子的利刃！

久美子认为，信夫的变化是一年前开始的，那时恰好他的创作出现了危机——他开始怀疑自己是否具有作家的才能。

七年前，久美子和信夫缔月下之盟，携手步入婚姻殿堂，彼时的信夫是一名崭露头角的文学青年，不仅有一帮爱好文学的青年朋友，还创办了几期文学同人杂志，在上面陆续发表了一些小说，其中几篇也受到了一些评论家的关注，在文艺期刊或是其他文学同人杂志上均有所提及。

信夫当时在一家公司上班，早九晚五的通勤耗掉了一天宝贵的时光，根本无法静下心来搞创作。于是，他萌生了辞去工作、专事写作的念头。问题是，今天辞掉了工作，明天就立刻揭不开锅了啊，这种选择让信夫纠结、烦恼不已。

好在有久美子。她虽然不认为丈夫有文学创作的才华，但她愿意尽自己的力量帮助他实现愿望。于是，她放弃了专职太太的生活，找到婚前曾经工作过的那家出版社，经社长推荐谋到了现在这家杂志社的职位。作为编外记者，久美子的工资是按稿费标准来计算的，所以她每月的收入比信夫的工资要高出两倍多。

信夫为此兴奋不已，全神贯注地投入小说创作之中。辞去公职后的两三年间，他白天写作，晚上为晚归的妻子做好可口的晚饭或准备夜宵，等她回家。

然而，在全国一流的文学杂志上发表作品绝非易事。

尽管信夫的作品构思精巧，妙笔生花，在同人杂志上发表绝对绰绰有余，但作为文学专业的杂志或是走纯商业路线的出版商，评判标准则十分苛刻，对他的作品并不看好。

信夫挑选了三家文艺杂志社，把稿子投到了编辑部，并且频繁周旋于这几家编辑部，多次登门拜访。尽管如此，令人欣慰的消息却没有一丝一毫。坦率地说，信夫的文笔是非常贴近这几家杂志社的口味的，写作水平也达到他们的用稿标准，因此每次投稿编辑部都会把稿件留下认真审阅，但最终的结局却每每如此、概莫能外——大约过了一周或十天，信夫得到约请去了编辑部，责任编辑抱着他的作品进了接待室。毫无疑问，是来批判他的作品的。

编辑要说的无非是情节平淡、心理描写拙劣、文笔幼稚之类。信夫心里非常清楚自己的这些瑕疵，但他并不心悦诚服——文学描写方法是见仁见智的事情，不能简单划一啊。不过，此时此刻如果与对方争辩起来一定不会有好结果，年轻气盛的编辑一不高兴或许直接把稿件扔进垃圾桶，他也再没有跨进编辑部大门的机会了。与其争个面红耳赤，莫不如放下身段虚心接受，谦逊有礼地把稿子拿回去修改再说吧。

他也认真尝试按编辑的意见去做，但修改过程却是痛苦万分——亲手把呕心沥血的一段段描写删除掉宛如刀割肉一般疼痛。不仅如此，原本是一段细腻的展现人物内心的文字，按编辑的意思这么一改反倒不伦不类了。信夫心中不断纠结着——是忠诚于缪斯、断绝与编辑们的往来，还是违背良心毕恭毕敬接受编辑的意见、留下今后登上文坛的机会？最终，他选择了后者。他没有勇气与手握文稿生杀大权的编辑们正面交锋，只能老老实实地按照编辑的意图去改，尽管修改后的文字一点儿也不像出自他之手。

可悲的是，重新修改的文字仍然不对编辑们的胃口，又被进一步指出了许多毛病，又从头至尾进行了第三轮、第四轮修改，直至最后改得面目全非——不仅主题模糊，不知所云，而且结构混乱，狗屁不通。这种毫无主见、人云亦云的反复修改，局面已经无法收拾，结果当然可想而知——不予采用，别无选择。

然而，被一流文学专业杂志屡屡拒绝的信夫的大作，却频频出现在文学同人杂志上，短短的一小块文章也会被同人经常提起，评论一番，这也是众多挤在文学独木桥上的青年趋之若鹜的啊。这平添了信夫的勇气，坚定了他屡败屡战的信念——绝不放弃，永不言败，文学的宏伟殿堂已近在咫尺，只有一步之遥了！

毕竟，同人杂志属于那种自娱自乐范畴的印刷品，与全国一流的正规文学刊物是有天壤之别的。

信夫喜欢把自己的作品给朋友们展示，然后不停地拿自己的构思与编辑的意见对比，询问孰对孰错。毫无疑问，绝大部分读者都是他的铁杆粉丝，对他的作品赞赏有加，认同编辑意见的人寥寥无几。

但是，这种赞赏并没有给信夫带来任何好处。即便成千上万的粉丝力挺他，只要有一名编辑不认可，他的小说就不能发表。可以说，他作品的命运掌握在某一个比他年轻得多的小伙子或小姑娘手中。按照年轻的编辑们的说法，"刊登平庸的作品不仅不能给作者带来利益，也不能给杂志社带来利益"，显然，重点在于后者。

难道这些年轻的编辑个个都是文学鉴赏大家？信夫对此高度怀疑。没有深厚的文学鉴赏能力和文字功底，何以能够遴选出优秀的文学作品？倘若只是一次偶然的工作调动，把一些毫无文学感觉和文字功力的人安排在文学编辑的岗位上，让这些人去审阅作家的作品，这无异于一场灾难，简直就是恐怖事件。

如果冒天下之大不韪对他们的评审结果提出质疑呢？对方一定会列举一大堆理由，比如经过了其他杂志编辑人员匿名评审，结果是公平的云云。信夫坚持认为仅凭少数几个人的判断是不能确定文学作品价值的，何况评审者摆脱不了世俗观念和一些利益的羁绊。那么，如果是几十个人甚至更多的人去参与评审呢？这样的评审结果自己能信服吗？这群编辑真的能够从一大堆的来稿中，独具慧眼地发现那些有独特视角、有深刻思想内涵且有创新的作品吗？恐怕他们世俗的眼光已经习惯了八股式的东西，不可能理解优秀作品的精髓，一定也会把它们扔进垃圾桶吧？

所以说，杰出的编辑一定是杰出的文艺评论家，尤其是在审阅文学新人作品时。

久美子早已习惯了信夫这些近乎咒骂的牢骚话。

二

　　信夫的脾气变得蛮横暴躁是近两年的事情。而且，有愈演愈烈、变本加厉之势。

　　他意志坚定、目标明确、任务具体——全神贯注创作小说，每天至少写十页稿纸，守株待兔地等待可能出现的机会——当约稿的作家未能按期完稿，而杂志的印刷又迫在眉睫，作为填补空缺，把他的稿件凑合顶上。

　　当然，这种机会千载难逢，少之又少。

　　而且，即便作为替补顶上了，也是泥牛入海、悄无声息，刊登和没刊登一个样。但是他却会因此受到莫大鼓舞，斗志也被激励得无比高涨，在一流杂志发表文章和要在文坛出人头地的期望相互交织，双重的欣喜让他内心不住地飘起金光灿灿的浮云。是啊，一颗文坛新星冉冉升起的日子已经为期不远了，就差小小一步呢。

平心而论，这反倒是他不幸的开始——他在文学这个诱惑的泥淖里越陷越深，一天又一天地消磨时光而最终不能自拔。不仅如此，一种无名的焦灼感也在驱赶着他，令他欲罢不能——以前一起创办同人杂志的文学爱好者也开始向文艺杂志写稿了，之前没有任何名气的年轻人也开始向文坛进军了，有人竟然也获得了一些奖项，有人竟然也成了小有名气的新锐作家……他觉得自己被纷至沓来的人群推搡着，挤了出来，沦落在最后面踮起脚尖眺望。

信夫在文人圈子里口碑并不好。认识他的人不多，在仅认识的一些编辑或作家的眼中，他是个才能平庸、碌碌无为的人，尽管一直在坚持写，但出不了活儿，写的东西也是索然无味，毫无亮点，终归是没有文学天赋和感觉所致吧。

众人轻蔑嘲讽的目光丝毫没有影响信夫的文学追求，他仍一如既往地每天写十页稿子，笔耕不辍。当他发现作品的主题与当前文学思潮不相符时，也会及时校正，以贴近流行的东西；当他觉得文章缺乏流行语或结构不时髦时，也会下功夫去修改，最大限度地迎合市场口味。

即便如此，仍没有得到任何一家文艺杂志社的青睐。

原来的责任编辑——升职调到了其他部门，新来的编辑越来越年轻，越来越像公司里的打工仔。他们不懂装懂，颐指气使，口出狂言，对稿子的意见越来越尖刻，对修改的要求越来越离谱。信夫不禁悲从中来，唏嘘不已——真是一代不如一代啊，以前那些编辑的文学鉴赏力已经乏善可陈、不敢恭维，可与眼前的这位相比，不知强到哪儿去了呢。

但是，信夫从未停止过向刊物投稿。他一如既往地对编辑们毕恭毕敬，言听计从，毫无怨言地把稿子改过去又改回来，尽管他明知面对的是一群毛孩子，尽管他自认为文学功底要比他们资深得多……

终究到了信夫不能忍受的那一天——只见他憋红着脸，嗫嚅着向对方陈述自己的意见，汗珠顺着脸颊滴落下来。"就这样吧。别说了，写下来拿给我看。"年轻人透过反光镜片射出鄙夷厌恶的目光，说完，丢下信夫扬长而去。

自那天之后，信夫再也无缘该杂志社的会客室。

这件事让信夫刻骨铭心，让他变得更加谨小慎微。他深知：一旦得罪了责任编辑，对方有的是手段报复他，这是一条血的教训——作为作者，纵然内心恨不得把对方撕成碎片，但外表也必须表现得心悦诚服、唯命是从。尽管此举最终未必会如愿以偿，但如果不这样绝对死路一条。卑微、低调，再卑微、再低调，直至低到尘埃，才能保住那一丝的成功的可能性。

　　讪笑着，卑微地行个礼，伸出双手接过退稿离开杂志社——这种屈辱的滋味信夫不知品尝了多少次。他如同着魔一般的执着，每每抑郁绝望，又每每振作奋起，让人联想到战场上倒下又挺立起的士兵。

　　当然，不要忘了，信夫的执着与坚持是建立在久美子有工作、有收入基础上的。离开了每月维持家庭生计的基本收入，信夫的理想信念和执着等都将不复存在，如果让他挑起养家糊口的重担，手中的一切爱好都将化为泡影——边上班边写小说是绝对不可能的，这一点他五年前从公司辞职时就想清楚了。

　　辞职之初，信夫并未如此走火入魔地行进在修罗之道，他对久美子是怀有感恩之心的——从他精心为妻子准备晚饭或者夜宵，对妻子的生活起居倍加关心的举动中可见一斑。然而，屡屡失败而产生的沮丧，逆水行舟不进则退的焦灼，以及与社会隔绝的宅男生活，令他的情绪如过山车一般，没有心情讲究精致了——晚饭变得马马虎虎，甚至索性不做了；对妻子冷漠暴戾，甚至干脆不说话了；他会把投稿时受到的屈辱全部发泄在妻子身上，对拖着疲惫身子的久美子大声吼叫；他会在紧闭的屋里把稿子撕碎或是仰天倒地发出野兽般的号叫，故意弄出怪异的声响折磨久美子。而且，他以此作为对妻子宣泄和报复的手段，随着抑郁和绝望的增加而越发强烈。

久美子理解信夫的心情，她默默承受了丈夫歇斯底里的咆哮和怪腔怪调的讥讽，把它当作丈夫在向自己撒娇。

独自一人笼闭一室，整日沉迷于自己臆想的那些幻境中，一次次被退回稿件，然后一次次地重新坠入那个虚无缥缈的世界中，信夫的文学梦极尽疯狂，近乎神一般的存在。

久美子没有阻止丈夫，她竭尽全力支持丈夫对文学的追求，尽量避免有损丈夫自尊心的话语和举止，尽量不让丈夫有"吃软饭"、靠老婆养活的屈辱感。

然而，这一切竟然换来了信夫的傲慢与骄横，久美子的顺从、委曲求全竟然都变成理所应当。

不仅如此，他还把久美子当成精神垃圾桶，把他受到的屈辱和焦虑交汇在一起，演变成一股怨气抛向妻子，发泄到兴奋时，还会在床上对妻子的身体进行一番变态的蹂躏，以此来寻求解脱。

一年半前，信夫虐待妻子的方式发生了变化，开始嫉妒妻子那种自由的工作时间，对妻子的行踪产生了猜疑——这是之前从未有过的。对此，信夫明知理亏，于是编出各种理由来掩饰自己的荒唐行为——久美子看透了丈夫的用意。

这种不幸似乎也和久美子有点瓜葛。杂志内容创新是需要做些访谈，听取作者、读者的建议的。由于采访的对象大多是文化界的名流，其中不少人还是活跃在当今文坛的著名作家或评论家，这容易引起信夫的嫉妒之心。可以说，信夫对这些人又怕又恨，而久美子恰恰整天和这些人接触，于是，他把这种情绪转变成对久美子的憎恨。

丈夫的暴戾与日俱增，他对这种行为颇感兴奋，乐此不疲，似乎从久美子痛苦不堪的表情中得到了一种愉悦。

信夫经常能够准确描述久美子一天的活动轨迹，其准确性和详细程度让人不得不怀疑他一直在跟踪。他洋洋得意地说："你休想撒谎糊弄我。"每每听到这句话久美子直觉得脊背发凉。

她把外出活动的所有细节都记录在小本子上以防信夫的突然袭击。尤其是工作地点和时间，这是信夫问得最多的，而且往往在夜深人静、久美子十分困乏之时突然发问的。她希望自己能够对答如流、严丝合缝，因为哪怕一点点含糊不清或是前后不一致，就会被刨根问底，直至最后被他痛骂——这些含混不清的地方恰是她未曾留意的鸡毛蒜皮的小事。

与此同时，信夫本人似乎也开始自暴自弃，颓唐沦落得面目全非——从一天写十页变成一天一页也不写。满脸胡茬，一身倦怠，身上脏衬衫十几天都不换，甚至连眼神也变得阴险诡异，完全不像三十来岁的青年。

久美子苦苦哀求他不要这么邋遢颓废，可是，即便把洗好的衣服摆在他眼前，他也熟视无睹，依旧我行我素。挂在嘴上的口头禅是："我是个无业游民，就这样吧。"看来，他也并不是刻意要把自己弄成个颓废艺术家或文学流氓的形象。

最近他又口口声声说不想活了。"定位错了，像我这样毫无文学天赋的人从小立志文学是错误的选择，混到这个岁数已经无路可走。要我回头过朝九晚五打卡上班的生活，想想就毛骨悚然。我习惯了这种不劳而获的懒惰生活，我已经彻底废了，只有等待下辈子重新投胎吧！对你来说，摆脱我这样的累赘越早越好，所以，我必须死掉。"他说道。

久美子夫妻租住的公寓位于多摩丘陵附近，公寓楼后面的一片被低矮松树和杂木林覆盖的丘陵地带由于远没有达到住宅用地的水平，至今仍一片荒芜。翻过不到二百米的山坡，对面一座更高的山脊便展现在眼前。山脊中央处陷落形成山谷，面向公寓楼的那一侧，即从公寓的后山到另一面的山坡处排列着三个防空洞。这三个第二次世界大战时的"遗留物"是村民上山时无意发现的。防空洞被灌木和竹林覆盖，在草木繁盛的夏天恐怕连洞口也难以找到。附近的地下有水汩汩冒出，洞穴里的红土潮湿，气味令人作呕。防空洞虽说偏僻，但因距离公路不远，信夫有时逛进来打坐、睡觉，或称其为"冥想一会儿"。他走出洞时毛衣和裤子都粘满了红土，他想以这种形象示人，以展示自己的个性抑或是落魄。"我会把这个洞穴作为我人生的最后归宿，如果发现我失踪了，你就到这个洞穴来找。"信夫一脸严肃地说着，让人觉得不像是揶揄或自嘲，倒有点胁迫的意味。

三

五月二十三日晚七点，久美子和油画家守山嘉一约在赤坂的饭店见面，预定对他进行采访到九点。

守山嘉一今年五十八岁，在巴黎生活了十五年，他不仅是日本颇有名气的油画家，更是美术界的一张名嘴，对以女性身体为题材的各种绘画的评论尤为擅长。如今，作为某美术机构的核心人物，活跃于日本各大论坛和各种讲座以及媒体，经常发表一些具有真知灼见的言论，成为业界有知名度和威望的大咖——他是这次采访策划案中绝对不可或缺的重要人物。

采访的时间当然由守山嘉一决定。

约见的地点取决于守山嘉一接下来的活动安排。他提出在花街附近的一家高档法国餐厅请久美子吃饭，并说从没带别人去过这家餐厅，这让久美子感到十分惶恐、不好意思。

守山嘉一与久美子隔桌对饮。

他抿着琥珀色的威士忌侃侃而谈，那张精力充沛、神采奕奕的面孔简直如油画一般生动而精致。当他确认久美子已婚后，黄段子便脱口而出、滔滔不绝、顺理成章。不仅如此，那些露骨的黄段子经他的嘴说出来竟然也不觉得猥琐下流，反倒变成妙趣横生的作品评论。这个身材魁梧的男人性格豪爽，聊到兴奋之处会咧嘴大笑，尤其是那双细长的眯缝眼和豁了牙的嘴，每每大笑起来竟显出几分萌态。长期的国外生活养成他不拘小节的性格，但对待女性倒是彬彬有礼，颇有绅士风度。

走在回家的路上，久美子突然感到不能告诉丈夫今晚是与守山嘉一见面。

守山嘉一是众所周知的拈花高手，杂志上经常有他的花边新闻和风流韵事，他也从不隐讳，有时甚至把玩弄女性的经过写成文章发表在媒体上。久美子晚上单独跟这样的人在一起，而且共进晚餐，信夫一旦知道了会作何感想呢？又会怎样找碴儿胡闹一番呢？久美子不敢往下细想。

虽说吃饭只是两个人，但高档餐厅里还有男服务员和其他用餐的客人啊，况且是工作需要，光明磊落地会面，有什么见不得人的？有必要去刻意隐瞒吗？

转念一想，这位画家可是公认的大名鼎鼎的花花公子啊，单凭这一点就让久美子犹豫不决。信夫自己也清楚他无理取闹纯属找碴儿，但何必授人以柄呢？

　　信夫会把他自己臆想的和实际发生的相混淆，最终弄不清哪些是自己的想象，哪些属于推理——尽管这些貌似合理的想象与推理让久美子无言以对。而且，从他变态的心理来看，既然能够玩跟踪久美子的把戏，那么，直接打电话给守山嘉一痛骂他一顿也是完全做得出来的。常人不可思议的举动在他那里会成为顺理成章的事，想到这些，久美子心潮起伏，思绪难平。

　　久美子决定向丈夫隐瞒，把与守山嘉一见面的那段时间说成和杂志社里的同事一起吃饭。因为和同事一起吃饭是常有的事，信夫会深信不疑。而且，所幸的是，这期专版汇集了对各界知名人士的访谈，守山嘉一的名字作为画家代表仅出现过一次，不会引起他的注意。

　　久美子当天在笔记本中这样写道：

　　"二十三日晚上七点到九点，和编辑部A等三人在职工食堂吃饭并商量出版事宜。"

　　原本正大光明做的工作、解释一下就能理解的事情，现在却变得躲躲闪闪，不得不靠编造谎言来蒙混过关，实在是令久美子悲伤至极。

　　是夜，信夫并没有问什么，这完全出乎她的预料，看来，在盘问久美子行踪这件事上信夫也是看心情啊。心情不好，盘问起来就没完没了，如果没这份心情，会把事情忘得一干二净。久美子窃喜没有编造任何理由就让这件事风平浪静地过去了，她感到庆幸。

　　大约过了四天的晚上，隔壁房间的信夫除了低低呻吟了几声外，一直在安静地写着什么，没有往常故意弄出的撕破稿子的声音，这极其罕见。正当久美子诧异之际，隔扇门被拉开，信夫冷冷地对她说："喂，有火柴吗？"

　　他站在那里伸出手，嘴里叼着烟，皱着眉头。

　　"稍等一下。"久美子忙不迭地应道。

　　桌子铺满了准备汇总在专版里的采访材料，旁边还有笔记本，久美子正在埋头整理着。信夫的身躯完全堵在门口，他目不转睛地看着桌上的一切，流露出轻蔑的目光。不知是因为久美子不想起身去厨房，还是想让丈夫赶紧离开，她拿出桌底下的手提包，摸索着掏出了火柴。

　　"给吧。"就在向丈夫伸出手的一刹那，一股电流般的恐怖感传遍久美子全身——她手上握着的是带有巴黎埃菲尔铁塔图案的火柴盒！此刻要缩回去已经来不及了。

　　信夫目光直愣愣地盯着火柴盒，久美子觉得剧烈跳动的心脏快扑出来了，她的大脑飞快旋转着，寻找着可能的借口。

"嗯？××餐厅。"

他嘟囔这几个字后继续盯着火柴盒上的埃菲尔铁塔图案，然后慢慢盘腿坐了下来——久美子紧张得快要昏厥过去。

"赤坂？你什么时候去这家店了？"

信夫不紧不慢地问道。他取出火柴，点着火，凑近烟头。

久美子不能说是和自己公司的人，因为之前从来没有在这样高级的地方和同事讨论工作上的事。如果出现反常现象哪怕只是蛛丝马迹，信夫也会打破砂锅问到底，一旦起了疑心，他会拨打火柴盒上的电话号码去确认。

绝对不能提画家守山嘉一的名字，这种想法在四天前就已经决定了，此时不能改变！

在这紧急关头，久美子飞旋的脑海中突然浮现出佛学家兼随笔作家平井忠二的名字。因工作原因久美子曾与那人见过两次面，并且每次都向丈夫及时做过汇报。信夫听到平井忠二的名字就不再往下问了，尽管他一向对前辈作家多有藐视，但对佛学家却尊敬有加，况且平井忠二也不像守山嘉一那样绯闻缠身。

"为了这次专版，我和平井忠二先生约在那个饭店进行访谈。"

语气必须坚定而果断，稍有迟疑就会露出马脚，久美子有意加快语速，让说话听起来更流畅自然。

　　"唔，什么时候？"

　　信夫难以置信地把火柴盒夹在指缝间来回翻看了几遍。

　　他脸上没有显出厌恶的表情，这令久美子紧张的情绪稍有弛懈，但仍不能大意。

　　"二十三日。从傍晚开始，一个小时左右。"久美子迅速回答，而且像在闭目思索一般。

　　（真是这样吗？谈话是几点到几点？地点是对方定的吗？你们聊了些什么？对方有邀你去哪儿吗？难道出了餐厅你们就没去其他地方？对方拉了你的手吗？）

　　这种追问很快就会接踵而至，久美子眼前浮现出丈夫眯起小眼睛、装作无所谓而实际是在窥伺时机抓住对方破绽的那种令人恐惧的表情。

　　你没有对我撒谎吧？没有和其他男人一起吃饭吗？我可要给这家饭店打电话了，你可要想好啊——这是不断进行逼问的丈夫接下来的套路。

　　眼下，信夫好像并不打算那么做。他平静地扔掉火柴，保持盘腿坐姿继续抽着烟，呆滞的表情上看不出马上要离开的意思。

　　"是平井先生买的单吗？"他语气平缓，漫不经心。

"不，因为是工作缘故，是由我支付的，公司报销。"

如果说成是人家请客，鬼知道他又会联想起什么，于是，久美子就这样回答了。所有问题都必须选择最保险的答案。

此时如果被问及与平井忠二先生聊了些什么，她就不太会编造了。好在信夫对妇女杂志这类读物一直不屑一顾，对久美子的工作内容也很少问及，漠不关心。

果真，信夫没有问与平井忠二的谈话内容。

"二十三号是星期五。星期五那种地方人应该很多吧？"

"是的，说起来人确实有点多呢。"

听到丈夫说出"二十三号是星期五"，久美子心里突然"咯噔"了一下，他不是又想出什么鬼花样，变着戏法刁难吧？不过他的表情依旧平静，毫无变化。按说信夫不是一个善于掩饰心情的人啊。

久美子想早点结束这个话题。

"信夫，你写作进行得挺顺利吧？"

"为什么这么说？"

"你看，还能出来到我这里闲聊一下，放松心情，看来进展不错哦。"久美子想讨好他，说话间露出谄媚的微笑。

"嗯，目前还算顺利吧。"

信夫表情并没有太大变化，继续吞云吐雾。

"太好了，E编辑怎么说的？"

"他说，这篇稿子是截至目前他看过的最好的稿件，再稍稍作点改动即可，修改量不大。现在我担心的是这近二百页的稿子能一次全部刊载吗？E编辑说新人作品如果不能一次全部刊完，是很难得到读者反响的。倘若如此，大概下下期杂志就会全文刊载我的这篇文章吧。"

这种自信的话语信夫很久没有说过。

说到编辑的话信夫的兴奋之情溢于言表，先前因编辑的轻蔑和拒绝甚至嘲弄所带来的凄惶和悲愁一扫而去，那张终年阴郁的脸上终于露出了明媚的阳光。好啊，这样发展下去，到四十岁时定能终遂夙愿！涉足文学创作如此之久，仍被小编辑称为新人，信夫居然也毫不在意。

久美子成功转移了话题，摆脱了丈夫逼问，脸上流露出了如释重负的轻松感。此时，她继而转为对丈夫的同情了。

"太好了。那你就好好改吧。"

"嗯。"

信夫把剩下的烟头扔进烟灰缸，猛然起身，又黑又脏的手挠了挠干瘪的脸颊。

"可是，就算E编辑一审通过了，还有K编辑的二审呢，而且还有其他编辑的意见和三审，每一篇稿子都这样。"

K 是编辑室主任。一旦提起这位令人生畏的资深编辑，信夫发光的眼神立刻黯淡下去了，话没说完就拉开隔扇门离开了。

久美子赶紧把放在桌上的法国餐厅火柴塞进桌下的抽屉，从厨房重新拿了盒火柴放在桌上——餐厅的火柴明天必须处理掉。

那天夜里，久美子在床上使尽百般功夫让丈夫就范——她感觉自己像个妓女。

四

两周过去了，信夫的稿子仍没有改好。

尽管暗夜已经绽露出一丝曙光，但他愈觉不安，一种即将大功告成的欣喜和功亏一篑的担忧在内心难解难分地交织着，一刻不停地煎熬着他——这份稿子藏匿着他的珍宝，那种远比时乖命蹇的现实生活更为美好的梦想，自己的命运就押在这本书上了。因此，信夫变得更加小心谨慎，两三行的文字竟用了五个小时来修改推敲，这在以前是从未有过的。

信夫把全部精力都投入到了这场关系到身家性命的改稿战斗之中，他全天闭门不出，沉溺于他的文字世界，时而兴高采烈、自言自语，时而垂头丧气、面壁沉思。此时，久美子在外的行踪、见了何人等等早已抛到九霄云外，即便久美子回到家中，他也毫无问候，连个招呼都不打。

这是一段极其短暂的宝贵的和平时光。

这两百页的修改稿一旦再被退回，狂风暴雨将骤然而至，而且会更加猛烈，更加难以招架。久美子惶恐不安，不知自己能否在这即将到来的暴风骤雨中幸存下来。她祈祷丈夫的修改稿能够顺利通过，但又觉得在劫难逃，退稿的概率很大。此时此刻，只要谁能够把编辑们搞定，让久美子奉献一切她都心甘情愿。

一天，久美子在银座与守山嘉一邂逅相遇。身材魁伟的守山嘉一独自一人从对面走来。

久美子与他寒暄，就那天的采访和他的款待表示谢意。

"客气话就不说了，访谈的内容什么时候刊登出来？"守山嘉一捋了捋掺杂着银丝的长发，问道。

"下月初刊登，出来了我就给您送去……"

久美子似乎还有话要说，但欲言又止。

"那我们下次再一起去吃饭吧，换个餐厅。"守山嘉一说。

守山嘉一的再次邀请令久美子的表情即刻严肃起来，她仿佛下定了某种决心，脸凑过去说道：

"守山老师……嗯，……那个。"

"嗯？"

"那个，我知道很失礼，但我还想拜托您一件事，就是那个……之前我和您单独在餐厅见面的事，因为某些原因，希望您能保密。"

久美子脸上泛起一层红晕。

守山嘉一吃惊地看着久美子，但他马上领悟了其中的奥妙。

"啊？哦，你是有丈夫的人了。好，好的，我不会对任何人讲……看来我的名声比想象的恶劣得多啊，都说我道德败坏，玩弄女性，这确实令人很无奈。"说罢仰天大笑，露出不齐的牙齿，眯起的眼睛里浮现出一丝同情。

"实在抱歉。"久美子向守山嘉一匆忙鞠了一躬，迅速离开了。

久美子小跑般地快步走过几个街口，想尽快驱散这份羞耻感。话一说出口，久美子心里痛快多了，仿佛有一种安心的感觉。

画家守山嘉一和作家丈夫没有交集，但是守山嘉一那放肆的调侃和不负责任的自我吹嘘不知会以何种方式传开，然后就一传十、十传百，最后一定传到丈夫的耳里。尽管久美子与他纯粹是工作关系，毫无其他任何瓜葛，但这次见面仍应守口如瓶，不说为妙。守山嘉一不愧是情场老手，很快就心领神会。

"你是有丈夫的人了。"画家的笑声依然在久美子滚烫的耳旁回荡。

或许自己多虑了。但久美子每每想到丈夫那种非正常人的心理状态，就会告诫自己务必处处小心，避免不测事件的发生。

信夫仍沉浸在他的世界中——全神贯注、夜以继日地修改稿子；久美子仍是整日忙忙碌碌——专版的稿件准备就绪，就待最后定稿。这短暂的宁静至少能够让丈夫的狂躁和自己的恐慌稍稍平息，她十分珍惜。

然而，一件始料未及的小概率事件瞬间打破了久美子心中这种宝贵的宁静。

那天，久美子走进书店。

她想了解一下刊物类图书的销售情况，顺手拿起一本昨天刚上架的综合杂志，漫不经心地打开了目录。在随笔专栏里，"高原之春·平井忠二"几个字映入她的眼帘，顿时，一种不祥之感袭上心头，她立刻翻到了那一页。

"五月十九日到二十五日，我开始了久违的九州之旅，再一次踏上它的土地。二十三日下午坐车从别府①出发，行驶在横跨久住高原的公路上，开往阿苏②。"

---

① 别府：位于日本大分县中部府别府湾头的城市，日本数一数二的温泉地、观光地，有众多利用温泉热的研究所、疗养院和休养院。
② 阿苏：阿苏山是日本著名的活火山，位于九州岛熊本县东北部。

仅仅读了这三行文字，久美子就觉得两腿发软，眼前一黑。怎么如此不幸啊！平井忠二五月二十三号居然去了九州！

久美子走出书店。

"二十三日"几个字如同炎炎盛夏里柏油路面炙烤所冒出的蒸气，迅速把她笼罩，令她窒息。

信夫在看到赤坂法国餐厅火柴盒时，嘴里反复念叨着"二十三号是星期五"，想必这个日期已深深印在他的脑海中，而且……久美子与平井忠二进行了"一个小时的访谈"同样也让他不会忘记。

更加不幸的是，这份杂志丈夫信夫每期必读。当然，主要看创作专栏，既然刊登了与妻子有工作接触的平井忠二的文章，毫无疑问他的目光一定会在此停留。信夫素来对佛学家尊崇有加，毕恭毕敬。

想象一下谎言被识破的场面，眼前就浮现出丈夫暴跳如雷时那张扭曲的脸，久美子顿时不寒而栗，浑身直打冷战。她不敢奢望丈夫会忘记或会记错，只认定雷会炸响——自己要为捏造谎言欺骗丈夫的行为买单。

设想一下，假如久美子在走投无路之际把画家守山嘉一的名字供了出来，结局又会怎样呢？结合近来信夫出现的间歇性心理异常和歇斯底里的症状，他一定会勃然大怒并直接找到守山嘉一，出现严重不测事件也未可知。

按这种轨迹往下发展，后果将不堪设想——对久美子来说，势必会羞愧难当、无法安心于目前的工作；更可悲的是，平井忠二作为佛学界著名人士，只要他流露些微不满或抱怨，久美子就会立即被杂志社扫地出门。不仅如此，恐怕还会受到众人的指责甚至侮辱而无地自容，再有能耐也无法在出版行业混下去了。一旦离开了熟悉的行业和圈子，到哪儿去找目前这样的收入呢？

对信夫来说，后果同样严重——如果这件事被闹得沸沸扬扬、路人皆知，恐怕不会再有杂志社考虑他的稿子了。丑闻对于文坛新人来说是致命的，这一点与文坛大腕不能相比，后者或许需要不时曝一些八卦新闻来刷存在感，而新人却是在搬石头砸自己的脚。

对于他们的婚姻来说，局面更是不可收拾——即使久美子说破了嘴皮信夫也不见得能听进去，他积抑的怒火一经点燃，很快就会焚毁心中的防护栅栏。最要命的是久美子真的撒谎了，谎言会让丈夫怀疑她出轨了，这个层面上做任何解释都是徒劳的，只会被认作狡辩。

不行！与其等待束手就擒，不如主动出击——久美子额头冒出冷汗，这个大胆的念头令她激动得有些透不过气来。

——直接约平井忠二见面，向他说出事情的全部经过，乞求他原谅。她明白此举尽管冒昧且不能解除危机，但在事情败露之前取得平井忠二先生的理解和谅解，多少能挽回一些影响，至少不会带来负面的结果吧。

目前，除了不顾耻辱地哀求外，别无选择，况且之前曾经向守山嘉一乞求过了，这并不是第一次。

问题是平井忠二未必会答应。

佛学家兼随笔作家平井忠二是颇具学者风范的男人，他性格直率，处世单纯，不像守山嘉一那样圆滑，那样精通人情世故。按平井忠二的行事风格，听罢应该是很不高兴。"我被你们利用，而且用在那种场合上，给我的名誉和声望造成了多大的恶劣影响啊！"他甚至可能会气急败坏、勃然大怒。

可与其每天这样惶惶不可终日地担惊受怕，倒不如下决心迈出这一步。再三思考后，久美子拨通了平井忠二家的电话。

五

平井忠二先生竟然爽快地答应了见面。

这天傍晚，平井忠二恰好要在 A 饭店会见客人，他说会见之前可抽出点时间与久美子简单见个面——他一直以为是杂志访谈方面的事。

在会见大厅外的一个茶歇区域，久美子与平井忠二见面了。之前，久美子与平井忠二先生有过两三次邂逅的经历，出于对文化名人的敬意，久美子每次都会微微鞠躬施礼。此次，当听了久美子的开场白，得知她是因一件个人隐私请求见面时，平井忠二一脸惊诧，镜片后的瞳仁透出迷惑不解的神情。

话已出口，久美子豁出去了。她顾不上羞耻和屈辱把事情的原委——道出，言毕，她感觉身体如同着火似的燥热起来。

平井忠二清癯的脸庞上露出慈祥睿智的笑容。他今年四十五岁，一头浓密的黑发如缎子一般柔顺，保养得很好的肌肤白里透红，一副学贯古今的大学者派头。

"好吧。我原谅你了。"

平井忠二把纤细的手指并拢，双手合十。

"不过……"他把手慢慢放回桌上，身体微微前倾，说道，"如果你丈夫直接跑来质问我，我该如何回答是好呢？我已经原谅你不礼貌的做法——尽管这是件令人不愉快的奇怪的事件，但倘若我回答得再不妥帖，是否会更加激怒你丈夫呢？"

平井忠二言下之意是，假如他也跟着撒谎，信夫不仅会怀疑之前的猜测，甚至还会怀疑他和久美子之间真的有特殊的关系。平井忠二委婉表达的这层意思久美子很快领悟了，而且之前也想过，因而不由得再次涨成了大红脸。

擅自使用平井忠二的大名来掩盖自己荒唐的谎言，当事人得知后并没有发火动怒，这让久美子感到庆幸，方才紧张的情绪也随之松弛。接下来，久美子借机问了一下平井忠二是否有让她丈夫息怒、让她平安渡过难关的锦囊妙计。

"请等一下，仅说这些似有不妥，这样说吧……"

听到久美子的请求，平井似乎想起什么，接着补充道。

"就说五月二十三日我没去旅行而在东京，晚上七点我和你在那家餐厅吃饭。这样不就能证明你对丈夫说的话是真实的吗？"

这次，轮到久美子惊诧迷惘了。

她盯着平井忠二瘦削的下巴，只见他线条柔和的嘴唇此时抿出一丝淡淡的微笑。

"可是，您的文章已经发表在杂志上了。"

"是啊，这个嘛，就说这篇稿子是我去年写的。我去年确实去过九州，只是拖到现在才把这篇约稿交到杂志社的。所幸的是，这次九州之旅我是独自一人去的，不会有人出来证明什么。不过，二十三号晚上我确实在阿苏山的内牧温泉住宿，你丈夫应该不会调查到这个份上吧？"

久美子的双眼里流淌出了滚烫的液体，平井忠二轮廓分明的脸庞顿时变得迷糊不清。

看见久美子的泪水夺眶而出，平井忠二有些尴尬，为了让她振作起来，他用轻快的口吻转换了话题：

"夫妻之间到底有什么芥蒂，要弄成这样的局面？"

久美子不想回答，但觉得避而不答似也失礼。当平井忠二平静地听完久美子叙述后，皱起眉头叹道：

"做女人真不容易啊。"

"我也是走投无路，摊上这样一个丈夫，我已经心如死灰。"久美子低下了头。

"最好的办法是让你丈夫的作品尽快在文学刊物上发表，这样，他的心情就会豁然开朗，家庭气氛和生活品质也就随之改善了。"

"我觉得丈夫很可怜，我完全能理解他本人渴望成功的焦急心情，对他把我当作出气筒、垃圾箱的做法也能够忍受，不管他怎么打骂，我都默默忍受。只是，我担心他会给别人带来麻烦，比如给您……"

"我理解你的心情，你做得很好。"

平井忠二凝视着久美子秀丽的脸庞。

"不，正因为我做得不好，才弄成这样的局面。"

"不，不是这样！"平井忠二不由得提高了嗓门。他很快意识到有些失态，于是低低咳了一声：

"您是说，杂志社一直不采用他的作品？"

"是的。目前有一篇稿件正在按编辑的意见修改，他本人对这篇作品寄予了很大的期望。不过，从之前屡屡失败的情况看，恐怕这次也未必能如愿，我很担心。"

"我为这家杂志写过几篇简短的介绍法国新书的文章，无其他交往，仅靠这种交情估计说不上话。"

"谢谢您。您的这份心意已经令我感激不尽了。我丈夫的作品水平不高，达不到人家的要求，谁也无能为力。不瞒您说，我冒昧联系您时，内心不安，深感唐突，我做好了被您训斥的思想准备。现在听到您这样说，仿佛是在做梦一般啊。"

"我可不会骂女人哦。"平井忠二抿起嘴角，莞尔一笑。

"这件事就先这样吧。"

言罢，他把放在桌上的手挪到椅子的扶手上。

"今后如果有用得上我的地方，请给我打个招呼，别客气哦。"

久美子感到平井忠二热辣辣的目光再次从脸上掠过，尽管只是一瞬间。

令久美子惶惶不安的平井忠二九州游记之事，似乎没有那么恐怖——信夫不仅丝毫未提及，仿佛他没有阅读过这期杂志一样，而且，久美子暗中观察丈夫的房间，也没发现桌上出现过这期杂志。

信夫仍在废寝忘食地修改那两百页的稿子，其间，曾去过一次编辑部，可旋即又抱着稿子回来了。

然而，这次信夫一扫以前的凄惶和悲愁，眼睛闪出鲜有的殷殷光亮。

"K，"他说出了这位主编的名字——一位行事严谨的出版人，对文稿的严苛程度在业内人人皆知。"K是这么说的，'目前只有责编 E 对你的稿子还有些修改意见，只要你按照要求修改好，我们会收录到下期出版的《新锐作家三人集》里'。"

"其他两位作家是 C 和 D，他们可是被编辑部遴选出来的实力派人物啊，写作水平得到各杂志社的认可，如果我有幸能与他们并列入选，那我就大功告成啦。"身心饱受折磨的信夫，脸上透着深深的疲惫，只有两只眼睛炯炯有神。

一场马拉松终于到达终点，可是，让他马不停蹄从头再来一遍——信夫觉得精气神已耗尽，实在没有胆量重返这两百页的文稿。他脸颊深陷，颜如枯槁。

久美子的看法是，如果 K 主编审阅过丈夫的稿子，他的这番话还算靠谱，如果他压根儿就没看过，那绝对是被忽悠了。C 和 D 都比信夫年轻，虽说作品风格和文字能力不能和信夫相提并论，但他们运作能力强，已经成为当今文坛崭露头角的新秀。如果信夫的作品能与他们一起发表，意味着信夫也会搭上顺风车而受到读者关注，对今后立足文坛绝对是件大好事。当然，这一切都是建立在 K 主编认可的基础上。倘若 K 主编连他的稿子都没看过，一切就无从谈起，手握作家生杀大权的 K 主编为人跋扈，对年轻下属 E 的意见不会言听计从的。或许他是出于对信夫的同情才说出这番暧昧含糊的话来鼓励一下这个出版社的常客吧。

一想到两百页稿子要从头再来，信夫也感到不安和恐惧，原本闪烁着光芒的眸子一下子黯然失色。

"喂，这次要是再通不过，我就去死。活着真没劲。"

信夫语气严肃，一点不像是开玩笑。

"别说傻话！难道人生只有文学？你就是鬼迷心窍，深陷文学的陷阱之中不能自拔，完全没有判断价值的标准。"

久美子壮着胆子，故意提高嗓门说。

"你是真不明白啊？我眼看就四十岁了，得了文学痴迷症，其他什么都做不了，我的一切判断都是以能否发表作品为标准。"

"就算只活到四十岁还有三年呢。即便这次小说没发表，你也不能气馁，要好好活到四十岁。再坚持一下吧，到了四十岁就由你去。"

久美子想尽可能地拖延丈夫。

"四十岁……我恐怕坚持不到那个时候了。"

信夫虚弱无力地小声嘟囔着，走进自己的房里拉上了隔扇门。

世事难料，人心叵测。如今的信夫，忙得连翻阅杂志的时间都没有，这让久美子躲过了一劫。看来，不顾自尊羞耻去哀求画家守山嘉一和佛学家平井忠二的做法似乎多此一举。

然而，丈夫的危机却不期而至。

久美子万万没想到平井忠二主动打来了电话——当时她正在杂志社忙碌着。

"你好吗？呃，那件事你丈夫没有说你什么吧？我一直惦记你呢……"

这是久美子和平井忠二在宾馆大厅见面一周之后的某一天。

六

事情发展成现在这样子是久美子始料未及的——

即使已经过去一年多了，久美子仍觉得像在观看一部悬疑剧那样——剧情跌宕起伏，主角不是自己。这件事演绎出的结局令她百思不得其解，用"脚底打滑"、"坠入深渊"来形容她此时的感觉最贴切不过了。

要论久美子有何闪失，就是之后与平井忠二的交往过于密切。

"鬼迷心窍"，此时此刻她真正体会到这句古老成语的含义。

久美子无可救药地对平井忠二产生炽热的眷恋，对他的爱远远胜过对丈夫的爱——尽管这是她当初绝对不会想到的。否则，无法解释她为何瞒着丈夫与平井忠二频频幽会。每每踏上回家之路，久美子总会被懊悔和歉疚折磨得心力交瘁，总是痛下决心、发誓不会再有下一次。然而，身体不会撒谎，情感与理智背道而驰——她已经无力自拔，与平井忠二的情人关系居然已经一年有余，她变得麻木，对丈夫的罪恶感和歉疚感在慢慢消失，心中的懊悔在慢慢淡薄，她渐渐地把对自己的诅咒转化成了炽热的情感全部投向了平井忠二。

所谓《新锐作家三人集》最终证实为一场乌龙，南柯一梦后的信夫依然故我，继续趴在桌子上写写画画。每天十页——这是他给自己确定的任务。只是枯槁的脸上平添几分憔悴，变得老态龙钟。活着于他而言早已不是对文学的执念，而是担心一旦不写小说他就失去了活下去的目标、没有存在的意义了，为摆脱这份恐惧他只能不停地写。

久美子依然是早上十点出门，晚上十点过后才回来，信夫也不再过问她的任何行踪——他不仅对这些的兴趣丧失殆尽，好像连问的勇气都没有了。这样，也让久美子轻松了许多，对他的负罪感也随之大大减少。试想一下，倘若信夫明察秋毫，继续对她白天和夜里的行动刨根问底，锱铢必较，想必久美子是能够抵御平井忠二的勾引而不致于发展到这一步的。唯一能够解释的是：信夫以前是把自己处于人生低谷的沮丧和愤怒伪装成对妻子的嫉妒，从大肆宣泄中激发自己的写作斗志，一旦对未来绝望了，他也失去了折磨妻子的动力。

时间在久美子的忙碌中一晃就是半年。

当她得知她只是平井忠二众多女人中的一个之后，一种撕心裂肺般的痛楚便开始折磨她，这种痛苦远比当初对丈夫的那种愧疚感来得强烈得多。难道是之前的愧疚感淡忘了，才会有现在这样的感受吗？不！这两种痛苦的感觉是不一样的，对丈夫的愧疚大多是精神和道德层面上的，而对平井忠二不仅如此，还有生理上和肉欲上的，后者的折磨更让她变得狂躁和急不可耐。

一个月明星稀的夜晚，信夫离开家后就再也没回来。久美子想起他之前说的话，在天麻麻亮时轻轻出门来到后山。

越过丘陵的山脊，久美子站在对面斜坡下的洞口前。

人迹罕至的后山仿佛隔断了世间的喧嚣，即使大白天也人影寂寥。三个洞穴的入口被茂密的树枝和蔓延的杂草交错遮盖，掩得严严实实。久美子掏出手电，拨开草丛，借着手中的光亮朝洞里望去——第一个洞口，久美子看见一条大青蛇盘踞扭动；第二个洞口什么也没有，第三个洞口，她窥见里面隐约露出一双脚。

久美子猫腰进入洞中。

只见土砌的洞顶角落里有一群大大的飞虫落在那里盘旋，

信夫闭着眼睛躺在地上，嘴巴像在打鼾一样大张着，白色的呕吐物布满嘴的周围和脖颈，鼻孔已经变得乌黑。肩膀旁边倒放着三个安眠药瓶，两瓶已经空了，剩下的一瓶尚存五六片白色的小药片。在手电筒的光线下，久美子发现他灰色毛衣和褐色裤子上都粘满了红色的泥浆，可能是地下水的渗出使得红土变潮湿的缘故。

信夫此时是三十九岁零十个月，如果细算，享年应该四十岁。

久美子在丈夫身边守候了一个多小时，直到天色大亮。

此时，她脑海里只有一个念头——借丈夫之死来完成自己的复仇。

她沐浴着晨曦下了山。山上、路上以及回到公寓都没有人看见。大家都沉浸在梦中。

远处街道上停着一辆卡车。

久美子回到房间躺了一会儿。时钟指向九点时她起来洗漱打扮。出了公寓门，看到走廊里站着一位小女孩。

"阿姨，叔叔呢？"

这个七岁的小女孩用一种大人的口吻问道。

"他还躺在被子里睡懒觉呢。昨晚熬夜写作到了天亮，今天不睡到黄昏他是不会起床的。"久美子莞尔一笑，弯下腰摸摸小女孩的头——这番话，屋里女孩的母亲应该能听到。

又是紧张工作的一天。晚上七点她还要采访一位著名的妇女问题专家。采访进行了两个小时，久美子不仅做好了采访笔记，还吃了美味的蛋糕。

晚上十一点，久美子站在了平井忠二家的玄关处。她伸出戴着蕾丝手套的手连续按了三下门铃——这是久美子和平井忠二幽会的暗号。这一带是豪华住宅区，很多住户都有高大的围墙，坐落在胡同深处的平井忠二宅子，有一堵厚厚的石墙与邻居隔开。平井忠二和前妻分手后一直独居，女佣白天来做家务，晚饭后离开。

大门敞开一条缝隙，露出平井忠二的脸来。

"啊？是你啊。"

平井忠二打开门，他依旧穿着格纹毛衣和蓝色裤子。

"出什么事了？事先也没有电话。"平井忠二紧跟着久美子进到屋里。

屋里似乎没人。平井忠二抱住久美子的肩膀，用温润湿热的舌头舔着她的耳朵。

"那个女人今晚没来？"

"谁？哪个女人？"平井忠二一脸茫然地笑道，"你可真傻，总是疑神疑鬼。这么晚来，发生什么事了？"

"我今晚要住在这里。"

"住在这里？好啊，这是咱们俩第一次过夜吧？"平井忠二掩饰不住内心的喜悦。

"我觉得你这里好冷，晚上气温很低吗？"

久美子没有脱下她的蕾丝手套。

"这一带都是大宅子，住的人少，所以你才会感觉冷吧？可是现在已经是春暖花开的季节了。"

"我还是觉得冷，给我找件大衣吧，风衣也行。"

"二楼有件风衣，好，我就去拿。"

平井忠二毫无戒备地走到廊下，健步登上楼梯。

久美子迅速闪进厨房，拉开燃气灶下的抽屉，抽出一把切生鱼片的刀——她对这里的一切非常熟悉。然后，又飞快回到之前的起居室，把刀放在矮小书架的顶层上并抽出了一本杂志盖住。黑色的刀柄露出一小角，估计不会被人发觉。

薄薄的蕾丝手套依然戴在久美子的手上，此时，传来平井忠二下楼的脚步声。

"给，把这个穿上吧。"

平井忠二在久美子身后把一件蓝色风衣披在她身上，久美子展开双臂伸进风衣的两袖，随之又把扣子全部扣上。

"捂得这么严实，像要出门的样子。"

"可能感冒了，你有感冒药吗？"

"应该有，等一下。"

平井忠二又到里屋找药去了。

久美子悄悄取出藏在杂志下的刀。

平井忠二把装药的抽屉一个个打开，焦急地在里面乱翻——好像没有找到合适的药，他那高大的背影完全暴露在久美子的刀尖下，仿佛在诱惑着什么。

久美子回家时抱着一个包袱。

五天后，信夫的尸体被一群前来洞穴探险的少年发现了。

尸体已开始腐烂，洞内的潮湿加上洞外的高温使得腐烂的速度比通常要快。因此，法医推定的死亡时间允许有一天的误差。

从死者胃里发现有致死剂量的安眠药残余，这与尸体旁边的三个空瓶相吻合。推断是死者本人一周前在附近的几个药店分别买的，一家药店不可能卖这么多。

毫无疑问，警方的定论是自杀。

不过，死者身上的一件蓝色风衣让人费解——风衣上的血迹明显是溅上去。警察在洞穴周围荒草丛中搜查时，还发现一把沾着血的切生鱼片的尖刀，刀柄上指纹与自杀者本人吻合。

警察由此联想到四天前的晚上佛学家平井忠二在家中被人刺死一案。蓝色风衣上的血迹和被害者平井忠二的血型一致，切生鱼片的刀具与被害者身上的伤口形状相符——两处从后背捅向心脏的刀口和三处后颈的刀口都与刀具的形状一致，而且，平井忠二家的女佣证实了刀和蓝色风衣确是主人家的。

久美子平静地告诉警察，丈夫信夫四天前的晚上出走后一直没回来，她本打算明天上午报警的。此外，她还主动提供了警方不掌握的线索——她承认与平井忠二有不正当男女关系，而丈夫也很早就发觉了。

警察没有对久美子采取强制措施就让她回家了。

警方推断信夫因妻子出轨而对平井忠二怀恨在心，那天晚上，他趁妻子加班未回之际，独自来到平井忠二家并与平井忠二发生了激烈冲突。信夫在平井忠二不留意时，把他的一件风衣从衣柜里拿出穿在自己身上，意图是在对平井忠二下手时避免血溅到自己的衣服上。之后，又用平井忠二家厨房里的生鱼片刀捅入毫无防备的平井忠二的后背，事毕，逃到自家后山的防空洞内服安眠药自杀。

事件调查到此结束。

——油画家守山嘉一从报纸上看到这起案件的报道。他对犯罪嫌疑人的妻子高木久美子有朦胧的记忆。

对了，就是那个女记者！久美子的样子突然在守山嘉一的眼前晃动起来。没错！正是两年前的今天，五月二十三日的夜晚他和那个女记者在赤坂饭店共进晚餐，接受了她的访谈。守山嘉一为什么如此准确记得这个日期呢？因为那天晚上，他终于把一位追了多年的酒吧老板娘弄到了床上。

之后，他和那位杂志女记者又在银座大街上不期而遇，那女人当时表情严肃而怪异，恳求他不要把两人在赤坂共进晚餐的事说出去。他答应为她保守秘密倒也没有什么确切的原因，只是直觉告诉他，她有一位嫉妒心强的丈夫，不能染指。从眼前这起杀人案来看，似乎是这种天生的先觉能力帮了大忙——画家不寒而栗，庆幸自己没有成为她丈夫的刀下鬼。

又过了一个月。

守山嘉一听一位杂志编辑说高木久美子在山上自杀了。他眼前再次浮现那张疲惫却充满魅力的女人的脸，想起她听他讲解《西洋油画与性》内容时认真做笔记的模样。这位编辑是老朋友了，多次来家聊天。"她丈夫为文学豁出去拼了，但最终仍是一无所获。她一直在默默期待，不知道最终却是这样的结局。"编辑对画家说完这句话后，端起茶杯，把杯中的剩茶一口喝光了。

新开发的区域

一

一般来说，大城市中成片开发的住宅区都有以下两个鲜明特征：住户群体的鱼龙混杂和住户之间的相对封闭。基于这种特征，人们很容易对那些鳞次栉比、杂乱无章的高层住宅产生奇怪的联想，并把住宅区内一个个封闭的格子间想象成刑事犯罪的温床。

确实如此。不动产的丰厚获利使得"租户"成为高层住宅的主体——人口流动频繁，彼此不打探对方的底细，对邻居的来历和秉性一无所知——即使那些因租期长、久而久之成了常住人口的住户亦是如此。有时，为活跃一下邻里关系刻意进行的一些交流，大多限于形式，彼此保留底线，绝不在交际中透露个人隐私，更不会有发自内心的交谈。总之，高密度聚集的区域、鱼龙混杂的人群、个体之间的冷漠封闭——这种环境构成了犯罪率高发的基础因素。

乡村的情况却截然相反——偏远的农村或山区自不必提，仅看一下东京的近郊就能得出结论——尽管房屋布局稀疏零落，间隔很远，且大多数人家在房屋周边种植防风林或杉树林，但每家每户通常门洞大开、夜不闭户，屋内状况一目了然。祖祖辈辈生于斯、长于斯，邻里乡亲之间知根知底，如同自家人一样熟悉。而且，他们在一些社区活动中，通过一个个看似不起眼的语言和行为模式把每一个个体亲切和睦地联系在一起，态度真诚友善，形成了恒久的情感纽带。

武藏场①有一片聚居地就是这类开放性居住环境的典型。在那里，几十户农舍零零散散、星罗棋布地分散在广袤的田野中，每户门前都种植有防风林，聚居区内古代班田制②的遗风犹存，田间小路被当作遗迹保存下来。田间忙碌劳作的农民、田埂上悠然小憩的妇女、小路上欢快跳跃的儿童——开阔的视野使得四周的一切清晰可辨、尽收眼底——所有人都彼此熟识，谁在干什么一目了然，田园般的恬静和诗情画意，让生活简洁到只剩下快乐，这样，谁还会有犯罪的邪恶念头呢？恐怕那些意欲行恶之徒也会为自己肮脏猥琐的内心而感到羞愧吧？

---

① 武藏场：日本关东地方中部城市。
② 班田制：日本古代的一种土地制度。

当然，还有一种介于这两者之间的模式——东京都的郊区。近二十年来，东京郊区发生了翻天覆地的变化，上班族居住的宿舍楼一幢幢拔地而起，私人豪华公寓也越来越多，还有不少外墙刷成白色的廉租房，等等，随着各种便利店铺的兴起，商业也繁华兴旺起来。农户争先恐后把用卖地的钱投到住宅的翻修中，老蘑菇一样的茅草屋瞬间变成时髦舒适的豪宅。然而，住宅用地并没有大肆侵占耕地，水田和旱田都在规定的红线内保留下来了，水稻、小麦或是蔬菜的农田点缀着三五幢住宅楼，泉水依旧汨汨涌出，小河依然哗哗流淌。

东京都郊区的这种开发模式，是把城市住宅和乡村风格重叠，让私密性与开放性共存，你中有我，我中有你，传统的城乡边界开始模糊。若以安全性作为标准，究竟哪一种更适合居住呢？究竟是都市的私密性侵害了乡村的开放性，还是乡村的非私密性对都市的住宅习惯产生影响？可以说，面对都市乡村化和乡村都市化所出现的新情况，专家们越来越迷惑，分类也越来越困难。尤其是从事刑事犯罪研究的学者们，选择的方向不同，得出的结论也就截然不同。

按照行政区划，这里属于东京的北多摩郡。正如"N新田"的名字所示，这是一片新开发的区域。远远望去，这片丘陵地带的农田在一幢幢新建住宅的侵蚀下正在大幅萎缩。由于交通便利，乘电车到东京新宿市区仅需一小时，"N新田"被冠以"卫星城市"、"田园小镇"的美誉，土地价格连年上涨，已经高得离谱，使得建设用地大规模扩张的势头根本无法遏制。

放弃耕地的农户用卖地的收入纷纷新建或者翻建了自己的住房。新竣工的上班族的高层住宅边出现了一幢幢带门楼的豪华别墅。这些日式风格或是和西式合璧风格的豪宅大多有着东京某街区建筑的影子，甚至不少让你误以为是餐厅或者酒吧。然而，这些别墅因缺乏雅致的装潢，仍让人觉得是"农民房"。

当然，也不乏有既经济又适用的改造"精品"。

一些宅子尽管周围有茂密的灌木林环绕，房前有一大块绿地空置，但仍是"农民房"的格局——房前的大片空地容易让人联想到以前晾晒农作物的场地。原来，房主人已预料到地价飞涨，不急于将名下的耕地出手，而是割成一小块一小块待价而沽。这种"钉子户"造成一片片农田夹杂在住宅楼之间，街道不是街道，住宅不像住宅。如此，农民的算计与贪欲暴露无遗。

眼前这幢挂着"长野忠夫"门牌的宅子就是上述农家风格的典型代表——大门石柱上挂着门牌，两边有厚厚的水泥院墙，整个住宅用房龟缩在北侧，一大片宽敞的土地空空如也，没有任何加工修建的痕迹，只是掩住花格门玄关的几棵松树和山茶树尚有点日式庭院的意思吧。这些树木被通体发黑的火山石围着，石上布满青苔。

不过，空旷的地上却莫名其妙地散落一些形状各异的石块，人们可以想象这样的故事情节——房屋在改造施工之时，工匠们将产自秩父①的石头搬了进来，后来因为价格没谈拢，业主放弃修葺庭院，最后，付了钱的石头便弃之不顾了。

未经加工的乱石块没有观赏价值，只见蓬蓬杂草从石头堆的缝隙里钻出来，茁壮生长。

二十五坪②主屋后面有间小库房，其镀锌铁皮屋顶细长又破旧。据说这个库房是和主屋同一时代的产物，换句话说，当这幢住宅还是地地道道的农家院时，这间小仓库就是粮仓，是存放麦子、蔬菜和搁放农器具的地方。如今，镀锌铁皮的屋顶不仅锈迹斑斑，连墙板也朽烂不堪了。

唯一有情调的是仓库后面那片小小的杂木林。这片多是麻栎、枫树和冷杉的林子里有两棵榉树长得尤为出众，峻直挺

---

① 秩父：日本地名，盛产石灰岩，水泥工业发达。
② 坪：土地或建筑物的面积单位，一坪约为 3.306 平方米。

拔，高耸入云，让人赞叹不已。不知是被哪一代先祖收进府邸中的这片自然林，如今只有这几棵树留存了下来。

周边大大小小的建筑湮没了长野忠夫的这栋老宅，这些设计时髦的建筑都是近几年甚至是今年刚刚竣工的，住户主要是公司白领和一些退休人员。

屋前的马路早晚高峰时人群川流不息、摩肩接踵——它是上班族去车站的通勤之路，也是家庭主妇超市购物的必经之路。

"长野忠夫……"

一位年轻的上班族经过时扫了一眼门牌。

"看来又是一个拆迁卖地的暴发户啊，祖宗留下的地产如今赚大钱喽。不像我们工薪阶层，买个火柴盒大小的格子间还要向亲戚朋友借钱，从银行里贷款。唉，如今有块地真是暴利啊，简直让人羡慕嫉妒恨！"

"地卖了之后靠什么生活呢？"

小伙子身边的年轻女人也瞟了一眼门牌，看样子是妻子送丈夫上班去车站。

"把大额的钱存进银行，吃利息都可以活下去。农家子弟也不会挥霍无度，养活自己足够了。"

言毕，丈夫把 hi-lite①烟头扔在地上，狠狠地踩了一脚。

　　"不完全靠利息哦。"

　　擦肩而过的两位上班族经过这户人家时好像也在谈论相同的话题。

　　"附近农户脑子灵活得很，靠吃银行利息是不会满足的。他们会在地里种些蔬菜或经济作物等到土地升值；还会把卖地的收入投资到实业，比如在车站前开个弹球房、澡堂，或者果蔬店、超市之类，这样一来钱就可以生钱了。不能低估他们的智商哦。"

　　"我听说也有不少人一夜之间被人把钱骗光。"

　　"可不，那些小农鼠目寸光，被眼前的蝇头小利冲昏了头脑，不贪怎会上当受骗呢。再说了，这些家伙如果不遇见一些倒霉事，又怎能冲淡我们心中的羡慕嫉妒恨呢？"

　　两人爽朗的笑声响彻在清晨澄澈的空气中。

　　一对中年夫妇从这里路过。他们是为建自家住宅寻找地皮而来的，身后跟着一位像是房产中介的人员。

　　"长野忠夫……"

---

① hi-lite：日本香烟品牌。

中年男子看着门牌念出了名字——他在仔细打量宅院的外貌。

"这座宅子应该是祖传下来的。"

"像是传了三代。这一带是新区，我不太熟。但我从老住户那里听说过一些事。"

体态臃肿的房产中介晃着手中的地图，接着说：

"这位长野忠夫先生在中央线的 M 车站旁开了一家西式饼屋，生意很火爆。听说他家做的点心味道独特，在这一带颇负盛名。"

"这一带？"

"长野忠夫先生的饼屋很受全职太太们的欢迎。因为他接受电话预订和送货上门，而且本人又是专做点心的白案师傅，手艺完全能满足整天待在家里的太太们对西式糕点的挑剔。"

"农户的儿子做西式点心，还真不多见。"

"不，长野忠夫是赘婿。这户人家有一个亲生女儿。听说他们只卖掉了土地的一半，用卖地的钱在城里开了店……长野忠夫的养父已去世了，养母还健在，因为业务上的事我有时见到这位老太太。她才五十五岁，精气神挺足的。"

胖乎乎的房产中介仍絮絮叨叨地说个不停，妻子似乎有点不耐烦，径直往前走了。

系着素色领带的丈夫扭过头来，隔着围墙又瞥了一眼有高高榉树的杂树林。

二

这户人家的一家之主——长野忠夫的养父名字为直治，忠夫的旧姓是下田。

长野家族世代都是地道的农民。祖辈于明治中期迁徙到此时只是佃农的身份，直到昭和十年，长野家族才买下不到半町步①的一块地，由此摇身一变成了半自耕农。当时，分布在武藏野广袤田野上的农户星星点点、十分稀少。

直治二十七岁那年通过相亲与小他六岁的阿久定了终身。阿久是出生在邻县山村的精明能干的女人。婚后，她一手操持家务，一手细耕农活，长野家那块田地上看不到一株野草全是阿久的功劳——酗酒成性的直治是个不愿跟在老婆身后干农活

①　町步：日本以町为单位计算山林、土地面积时使用的量词，1町步约合1公顷。

的懒汉。

懒汉有懒汉的特别之处。稻米一直是日本人的主要口粮，昭和十七八年，直治开始尝试着把自产稻米卖给黑市，尝到甜头后又琢磨着买进他人的米倒手出售。他的财富因此而直线上升，土地面积也因此迅速扩大，当然，也频频被警察叫到局里问话。

面对战后的农地改革，直治也依然巧于钻营，不断把赚到的钱一点点变成土地。佃农的土地自不必说，连对改革有抵触情绪的地主的土地也都落入直治手中。

"买这么多地到底想做什么？你又不下地干活，老太太也指望不上，我又养孩子又干农活，怎么管得过来！"

阿久义愤填膺。

直治没有兄弟。上一辈老人除老母之外都走了。

"别担心，"直治笑着说，"不久之后，你就可以放下锄头了。"

素来默默听阿久抱怨的直治，不知何时开始学会安慰妻子了。

"就是说，我们可以雇人干农活了？"

阿久眼中闪出殷殷的光芒。

"或许吧，总之，目光要看远一些。"

直治依然我行我素——乐此不疲地做着倒买倒卖的黑市交

易，以谈生意为由而不去田间干活，而且酒量看涨，因为再不为喝酒的钱发愁了。

阿久依然不依不饶地把他拉到田间劳作。

更让阿久郁闷的是，每晚都喝得醉醺醺的丈夫回家倒头就睡，无论阿久怎样抻胳膊拽腿，怎样挠痒骚扰他，他都是鼾声大作，沉沉地睡到天亮。这让处于"如狼似虎"年龄的阿久倍感寂寞和无奈，况且她婚前与别人有过性体验。

阿久扔掉锄头的时代终于来到了！尽管比直治预言的时间要晚一些。

战争已成为十年前的记忆，住宅建设的大潮开始涌向了这一带。从新宿起沿中央线向西，大规模的住宅区迅速蔓延，速度令人咋舌——转眼间，水田旱地一律成了住宅。残存于住宅楼之间的几片农田也被风扫残云般舔净，高大的水泥森林给曾经黑暗的夜晚带来了霓虹灯五彩的光芒。

当这种势头一直迅猛蔓延到 K 车站及其周边一些地段后，才呈现出放缓的趋势——离市中心实在太远，颇有人气的商业集聚地毕竟不是一蹴而就的。恰在此时，以 N 新田农户为主、以模仿都市建筑风格为标志的农民住宅改建潮开始风起云涌，把列祖列宗传下的耕田变成钱，再把钱用到祖宗们传下的房屋上应该是这笔钱最好的归宿。

独生女富子十岁时，直治的经营遭受了重创。一夜暴富使得直治养成大手大脚的习惯，他出手阔绰，乐善好施，放出去的贷款基本有去无回，而且还受一些不良公司的利诱而大举涉足大豆期货业务。炒期货对于大半辈子脸朝黄土背朝天的农民直治来说无异于拿生命去蒙眼豪赌，结果可想而知，他满盘皆输，卖地所得打了水漂。

毫无疑问，直治在老婆面前颜面扫地，一蹶不振。

阿久的暴跳责骂、哭泣哀号也不能挽回一丝一毫的亏损。直治诚惶诚恐、忍声吞气地度过几天后，突然醒悟过来——这些亏空的钱财不都是自己赚来的吗？阿久只是在田间挥舞了几下锄头，对家庭的财富积累没有任何贡献，凭什么对自己横加指责，痛加辱骂呢？

难道赚了就是理所应当，亏了就要呼天抢地吗？投资有风险这个道理在阿久身上是讲不通的，要偿还直治炒期货的亏空就意味着还要继续卖地，而且要把留下的大部分耕地出手才行。

"我对将来充满担忧，还是赶紧把建房子这事办了吧。"

阿久的决定名为建议实为独断。老旧的农家院被拆，将由焕然一新的城市风格的住宅取而代之，而且，这块地是他们手上仅有的一块，意味着这是长野家族仅剩的财产，因此他们格外谨慎。尽管如此，这座拔地而起的新宅与附近人家相比还是显得小气，像是个烂尾工程——开始他们也设计了日式庭院，让工人们运来庭院中造型的石头，后来由于园艺师和工人的费用超出了预算，双方争吵一阵后就将这些石头弃之不顾了。作为围墙的杂树林和屋后的旧仓库亦是如此，原本打算都要精心修缮一番的，最终因为心疼钱而不了了之，让这幢建筑在这个区域显得不伦不类。

是年，老来得子的直治五十六岁，阿久五十岁，富子十三岁。直治的母亲已在前一年去世。

直治母亲去世后的第二年，长野家来了一位年轻的租客。

通往市中心的中央线上有一站叫 O 站。O 站所在的区域是颇有名气的"文化区"，大公司高级职员、大学教授和一些作家、艺术家等社会名流都云集于此。车站不远处有家名为"银丁堂"的西式点心店，这家店的糕点颇具法式点心的风味，因此顾客盈门，生意十分兴隆，尤其受到"文化人"的青睐。由于银丁堂只给本店和直接投资的两家分店供货，产品绝不会出现在其他商店的橱窗中，一些主妇把带银丁堂商标图案的包装纸作为炫耀自己高品位生活的一种标志而使得"银丁堂"一时声名鹊起。

家住 N 新田的远房亲戚向直治夫妇推荐了一位想去银丁堂学手艺的小伙子。"他是九州 F 市的专职糕点师傅，曾多次毛遂自荐想去银丁堂打工，哪怕当学徒，工资按学徒标准支付，一切从头开始都可以，只要有口饭吃就行，目的就是能够学到手艺。"

　　这位远房亲戚对直治夫妇说。

　　"小伙子今年二十六岁，在小地方算是一流的糕点师傅，凭手艺也挣得不少。现在为提高技术甘愿从学徒做起，拿学徒的工资，可见这人还挺有进取心的。银丁堂老板说要当面考核一下，于是让他来了一趟东京。面试过后，老板觉得有培养价值，可以录用——尽管外表有些土气，待人接物不够老练。不过，店里雇员的住宿条件十分拥挤，让这个以学徒身份雇用的年轻人再挤进去有点委屈他，再说与他同龄的雇员都是正式的点心师傅，可能会给他造成心理阴影吧？银丁堂老板善解人意，想帮他在店的附近另租一间房。"

　　"但店附近的租金实在太高，因此，店老板想在这一带找一户人家。从这里出发到 O 站，电车只要三十分钟，非常方便哦。"

　　"租房？"——直治夫妇头一次遇到这种事，不由得面面相觑。

"我们这里寂寞单调，那人能受得了吗？"

阿久问。

"没关系的。小伙子老家在九州农村，他说单调的生活更容易让人心静，可以沉下心好好学习手艺。对了，他虽然是学徒身份，挣得不多，但家里是中农，每个月会给他汇款。他有兄弟仨，大哥说由他供养直到小伙子在东京成为出色的糕点手艺人为止，所以房租的事就不用担心啦。如果交不了房租，银丁堂是做了担保的，也会负责解决。"

"嗯，这不就没事了？"直治小声嘟囔。

"我们家有一个女儿，年轻小伙子住进来不太方便吧？"

阿久面露难色。

"女儿多大了？"

"十四岁，上初中。"

那位亲戚笑出声来。

"这个，恐怕也无大碍，那人已经二十六岁了。况且，他要作为手艺人出师，也会在您这儿住上三年两载的，您会更加了解他。"

阿久说此事今天定不下来，她要考虑一下。

三

下田忠夫身材粗壮，相貌平平，他的面部特征完全能够印证九州人的祖先是南方人的说法——高颧骨、长下巴、嘴唇肥厚、鼻孔朝天。他眼睛圆圆，两条浓眉靠得很近，茂密的头发紧贴黝黑的额头，一笑起来，眼角和鼻子周围都会出现皱纹。

初次见面，他显得木讷笨拙，举止生硬，总体印象就如同他那肥肥的手指头留给人的感觉一样——不是一般女人喜欢的类型。

阿久对十四岁独生女儿的担忧顿时烟消云散。

阿久把下田忠夫安排在房屋外侧的六张榻榻米大小的屋里。这便于他赶早上五点的电车上班，也是为了把他和女儿隔开——往里走是八张榻榻米大小的直治夫妇的房间，旁边是女儿的卧室。

"看着似乎挺老实。"

下田忠夫住下一周后，直治喝着酒对阿久说道。

"嗯，作为租客并没给咱们添麻烦。"阿久接过话茬儿："哎，话说回来，这孩子长得可真丑啊，性格也怪怪的，不爱说话。"

"没错。我问他喝不喝酒，不搭腔也就算了，居然还一脸鄙夷的神态。"

"不喝正好，要真跟你喝起来可就麻烦了。"

"第一印象不好，一看就是个乡巴佬，土老帽。虽说我们也是农民，但和九州人还是不一样，当然，也不知他今后会怎样发展。"

"这么年轻，又待在东京这样的大城市，他以后会慢慢变洋气一些吧？"

"我看不会，外表也就这样儿了。都二十六岁了还跑来做糕点铺子的学徒，倒挺有耐性的。不过，那家伙心很深，过几年说不定是个腕儿。"

阿久对直治的说法深表怀疑——笨手笨脚的下田忠夫和优雅高贵的法式点心似乎挨不上边儿。

"先不说这些，富子有什么想法？"

直治抿了一口酒问道。

"什么是'什么想法'？"

　　"富子觉得下田忠夫那人怎样？"

　　"不会有想法吧？"阿久大笑，露出粉色的牙床，"她才十四岁啊，还是个孩子呢！"

　　"是吗……"

　　"在富子眼里，下田忠夫不过是一个比他大一轮的大叔、一个普通的租客而已，况且我们女儿正值花季年龄，怎么可能会有你说的那种想法呢？"

　　"最近富子是不是和下田忠夫搭讪聊天？"

　　"下田忠夫笨嘴拙舌，一天也说不上几句话，富子和他有什么可聊的？"

　　这是一个秋意盎然的夜晚，远处隐隐传来电车驶过轨道的声响，给夜色增添了几分静谧。

　　"富子只是十四岁的孩子啊。"

　　直治醉意阑珊地嘟囔道。

　　"你第一次是什么时候？"

　　直治突如其来的发问，令阿久陡然失色。

　　"你别遮遮掩掩了，你和我在一起时已经不是处女了。我知道你们村的夜生活很丰富，你第一次跟男人上床是多大？"

　　"你一喝酒就说鬼话！整天除了喝酒，就是拿酒说事，你怎么不说自己没出息呢？"阿久狠狠瞪了直治一眼。

"你整天凶巴巴的，我怕你，现在都快变成性冷淡了……今晚好不容易想跟你亲热一下，一想到你的第一次给了别的男人，我就气不打一处来。"

"哼，那又怎样？明明是你自己不行。"

阿久仍然下地劳作。卖地的收入就像被直治扔到臭水沟一样——打了水漂。没有积蓄，他们不能像其他地主一样买店、盖房，也正因为这个原因，每次到田间阿久就会发火，夫妻两人经常在田里吵架，当然，直治每次都不占上风。

"富子。"

直治不在身边时阿久就会让女儿过来帮忙。

此时，她漫不经心问道：

"你觉得下田忠夫这人怎样？"

"啊，你是说那个大叔……什么觉得怎样？"

还是中学生的富子抬起头，不可思议地看着母亲。

"他经常找你说话吗？"

"不会，那人不善言语。"

"这么说，你讨厌他？"

"谈不上讨厌，但也不喜欢。他那种人，是不会招女孩子喜欢的。"

富子一副大人的口吻。

"也是。如果是德永老师这样的人，你就喜欢了吧？"

富子的脸腾地一下红了，她没有再说话。

德永是富子的初中老师，他眉清目秀、气质儒雅，简直跟电视剧里男一号一样帅气，很受女学生欢迎。阿久听说德永老师也在附近租房后不禁浮想联翩，要是前来租房的是德永老师而不是下田忠夫那该有多好啊。不过，看着富子羞赧的脸庞，阿久心里泛起一股莫名的酸潮。

富子年仅十四，但已有了大姑娘的身姿，今年二月来了初潮时，阿久还教给她很多关于月经方面的知识呢。

时至今日仍让丈夫直治吃醋的那个男人，是阿久十七岁时遇到的。尽管之前她身边的男人如走马灯般地更换，但当那个肤色白皙、英俊潇洒的男子钻进她被窝的时候，情场老手阿久整个人竟然完全僵硬，不能自持。不过，二人很快就淹没在欲海之中，相互填补着爱的饥渴，欲仙欲死。

之后，阿久在山里又跟他有了第二次。之后阿久的墙头上不断变换大王旗，而且都是品貌非凡、风流倜傥的男人，但唯有上述的那位男人让她久久难以忘怀，至今都引以为自豪。

那些跟她有过床第之欢的帅哥们，现在都在干吗呢？——闲来无事时阿久也会陷于遐思之中。

应该都为人父了吧？让阿久奉献第一次的男人比丈夫直治还大两岁，现在也应该步入老年了。其他那些人也该由小帅哥变成臭老头了——父母去世后的二十年间阿久没有回过故乡，每当坐在田埂上看着空中飞翔的小鸟时，她也会沉湎于青春的记忆之中。

富子虽说还是孩子，但眼看就要进入青春期。她对下田忠夫漫不经心，提到德永老师却面红耳赤，说明她对异性产生了兴趣。阿久想起洗澡时看到富子身体出现的变化，觉得女儿和自己少女时代没有什么差别。

下田忠夫已经来了三个多月，一切照旧——依然是笨手笨脚，沉默寡言。

长得丑再怎么打扮和保养也没用，而且，躯体无论怎么健壮，一旦加上那张脸，他这辈子注定与帅哥无缘。

下田忠夫每天早出晚归，连晚饭也在银丁堂店里吃，而且洗衣、打扫自己屋子之类他全包，作为租客倒是让人很省心。当然，阿久不会帮他做那些，也很少能跟他搭上话。

这样一来，家中平添一个陌生人似乎也没引起太大波动，至于那张丑脸，看久了也就习惯了，无伤大雅。虽说与他交谈时有一搭无一搭地让人有些不爽，但同在一个屋檐下，没有打扰一家人的正常生活就谢天谢地了。

时日一长，直治对这位年轻租客的印象开始发生变化，渐渐喜欢和下田忠夫聊起家常事。下田忠夫一般是晚上八点后才从店里回来。他前脚一进屋，直治就立即尾随进了他的房间，或是把他叫到自己房间，迫不及待地聊了起来。

下田忠夫很有耐心，问什么说什么，跟直治聊聊糕点的新做法，家乡发生的新鲜事之类，有时还会聊起自己的家人和对未来的憧憬。

和妻子阿久关系不和，女儿富子又不亲近他，直治一直很孤独，大多时候是足不出户，独自一人喝着闷酒。这样一来，孤独的直治和在东京举目无亲的下田忠夫竟同病相怜，产生了亲近感。

"古怪的人总是臭味相投。"听到两人窃窃私语后发出的嗤嗤笑声，阿久总是讥讽地对富子这样说。

以前滴酒不沾的下田忠夫居然也能频频举杯，一饮而尽了。

时间如白驹过隙，一晃就是两年。

四

长野家发生了很大变化。

昔日银丁堂的学徒下田忠夫如今已经出师，成为独当一面的糕点师傅。这是银丁堂老板对其人品、技艺以及从业资历综合考察后做出的决定。下田忠夫不仅任劳任怨、勤恳工作，而且能够虚心请教求艺，哪怕对方与他同龄甚至比他年少。这种能够忍受屈辱的心态说明下田忠夫钻研技术的热情和虚心低调的人品。尽管下田忠夫是小地方出来的手艺人，但以前有做糕点的基础，因此进步很快。从资历和年龄来看似乎也应尽早出师。

然而，下田忠夫却提出要在银丁堂继续干下去。据说他原打算学徒满师后回九州 F 市的原来的店里工作，享受当地优厚的待遇，现在突然提出不走了，理由是想在银丁堂再磨炼一下，进一步提高手艺。

老板爽快地答应了。

下田忠夫手头一下子宽裕许多，但没有离开长野家的意思。当然，房租便宜和交通方便是两大主要原因。公寓虽舒适，房租也吓人。背井离乡在外打拼两年多的下田忠夫并未染上东京的市井气，也享受不了新宿、银座的灯红酒绿的繁华，住在像N新田这样的郊区反倒觉得心里踏实。再说，久居则安，一个地方住久了，各方面都习惯了，会产生一种依恋之情，不愿意再劳神费力地搬家。从这点来看，下田忠夫并不是那种追逐新鲜感、见异思迁的性格。

下田忠夫不愿回F市还另有隐情——他没有独立开店的资金，又无显赫的家族背景和人脉资源，作为一个做面包糕点的师傅，在小地方给人打工还不如在东京来得实惠……况且，小地方手艺人往往是井底之蛙，夜郎自大而不思进取，使得半吊子手艺也会慢慢荒废掉，这种例子下田忠夫见得多了。

"那小子做事靠谱。"

直治听了下田忠夫的想法后，对阿久说。

同一个屋檐下待久了，个人的脾气秉性也都完全摸透了。怪人也有怪人的应对方法。下田忠夫嫌弃店里饭菜难吃，阿久就会为他单独准备一份；休息日时，下田忠夫一日三餐都和阿久全家一起吃。

"忠夫，你闲着也是闲着，带富子出去走走嘛。"

每逢节假日或是富子放学回家早时，只要下田忠夫在屋里，阿久总会这样吩咐。

"忠夫对富子的印象如何？"

两人出门后，直治总爱问阿久这个问题。

"嗯，至少是不讨厌吧。"

阿久似乎很放心。

"年龄要是再近点儿，他们俩在一起倒也不错啊。"

"我说老头子你别犯晕，富子才十六岁啊，谈婚论嫁太早了吧？……不过，忠夫如果愿意多等两年也未尝不可。可是那小子今年二十八岁了，再过两年就三十岁了，人家会等那么久吗？"

"你说下田忠夫他会在东京找媳妇儿？"

"谁知道呢，我一点儿都不知道他这方面的想法。"

两年来，直治慵懒、酗酒的积习并没有因他逐渐年老体衰而有所收敛，而阿久却反而温和柔顺了许多，也许是对丈夫心生怜悯，也许是阿久也开始力不从心，无法像以前那么强势，总之，在某种纷乱而复杂的情感支配下，直治的夫妻关系空前和睦。

一眨眼又过了三四个月。一天，直治又问阿久：

　　"富子总跟下田忠夫一起玩儿，她到底觉得忠夫这人怎样啊？"

　　"我问过她了。两人虽说一起去过上野动物园，也到城里逛过，看个电影什么的，但交谈并不多，下田忠夫这人寡言少语，富子觉得他挺闷骚的。"

　　"那就是不喜欢咯。"

　　"与其说不喜欢，不如说富子更希望找个阳光开朗的男孩儿，一起去吃西餐，一起到咖啡馆喝咖啡。下田忠夫太土气，没有这种情调，女孩子不会喜欢。"

　　"富子十六岁了，对男人应该有自己的判断标准，她每次都顺从地跟着下田忠夫出门，至少说明不讨厌他。让下田忠夫好好收拾打扮一下，或许效果就不一样。"

　　"瞧他那张脸，再怎么打扮也白搭。现在这种土包子乡巴佬的模样更符合他的气质。"

　　确实，两年多的大都市生活并没有给下田忠夫的外表带来变化，依旧是突出的颧骨，拉长的下巴，大鼻孔、厚嘴唇、浓密的汗毛；而且，这些特征随着他年龄的增长变得越发明显。那张不讨女人喜欢的脸，却给男人们一种忠厚纯朴的感觉。

　　不过，下田忠夫不像其他单身手艺人那样在外拈花惹草，耍钱赌博，他省吃俭用，把工资悉数存入银行，以备日后开个小点心店。

时间一长，邻居们开始议论纷纷，他们向阿久建议把下田忠夫招赘进门——尤其是看到他和富子成双成对出入大门时。

"富子还是孩子，谈婚论嫁也太早啦。忠夫都二十八岁了，两人不太可能。"

阿久总是笑眯眯地这样回答。

第二年春天，阿久也开始积极说服丈夫了。

"富子今年十七岁了。嫁人虽说早了点儿，不过还是尽快让她和下田忠夫在一起吧。忠夫二十九岁了，给他说媒的人也不少，他一旦走了还真有些可惜呢。毕竟这孩子忠厚老实，我们也知根知底啊。"

直治当即表示赞同。

不过，直治又提出了疑问。

一是不知下田忠夫是否同意做上门女婿。二是他会满足于仅仅做上门女婿吗？他以后怎样在东京立足，事业怎样发展？三是此地离东京很近，一旦成为一家人，自己的农民身份是否会被他笑话？

"我们帮下田忠夫开个店吧？反正家里还有块地，最近地价上涨得快，把那块地卖了开个小点心店应该是足够的。忠夫也想早点立业，肯定会很高兴。"

真是个好办法！直治非常赞成。店的生意如果红火了，老两口的将来也能得到下田忠夫的照顾，毕竟在事业上助了他一把力，算是下田忠夫的恩人，他不会弃老两口于不顾的。

毅然决然把身边小女嫁给他，这就是夫妻俩的精明之处，农家出身有农家出身的心计。

接下来，要看下田忠夫对富子有没有那个意思了。

"忠夫沉默寡言，喜怒从不形于色，让人捉摸不透啊，富子看来挺喜欢他的。最近富子也出落成大姑娘模样了。"

十七岁的富子身体已经发育成熟。她身材苗条、皮肤白皙，肤色像阿久一样白里透红。只是性格像父亲一样内向，话语不多。年轻夫妇两人都不爱说话或许是件好事。

关键在于富子怎么想。

"我悄悄问过富子了，她对忠夫也不是不喜欢。怎么说呢，忠夫在这里住了三年，他的脾气人品也了解了，比起嫁给一个陌生男人要牢靠得多吧。"

大人们一般都会做出这样的推论。女人的青春比男人短，比男人老得快，嫁个比自己大一轮的男人无可厚非。

招赘下田忠夫的婚礼于春光明媚的四月举行。可见，阿久和直治都是急性子，闺女的终身大事说办就办。

媒人是银丁堂的老板夫妇，婚宴是在这一带最豪华的饭店举行，酒席上觥筹交错，宾客们推杯换盏，席间，银丁堂老板对下田忠夫的技艺和人品赞不绝口。

就这样，下田忠夫被有计划有步骤地招进长野家，成为乘龙快婿。按照约定，长野家拿出卖地的资金在新宿附近的 M 站旁开了一家西式蛋糕店。

卖地的收入并非完全用于开店，阿久用二十万日元给女儿买的那枚 0.5 克拉的钻戒，就是出自这笔钱里。

"这是给你们结婚和开店的礼物，你要好好保存。"

阿久逢人就炫耀。

"钻戒花了四十万日元，很贵呢。"

店名叫作"榉屋"，这是银丁堂老板看到后院的榉树信口说的。下田忠夫全面负责糕点制作，招聘两个少年学徒作为帮手，还雇了一个活泼开朗的小姑娘负责门面售货。

蛋糕店后隔出了一间小屋，三张榻榻米大小的面积正好住进两个学徒。下田忠夫和富子两人每天往返位于 N 新田的家。

婚后，小夫妻恩爱和睦，甜蜜生活都融进了糕点店的忙碌之中。

在 N 新田的周边，高大的新建筑如雨后春笋一般拔地而起，大街小巷车水马龙，呈现一派欣欣向荣的景象。

然而，如开篇时所述，这块新开发的区域无处不有黑幕遮掩着的角落，无时不有黑色的灵魂在翩翩舞动，就算是一直处于平静祥和气氛的长野家中，也潜藏着"犯罪的因子"。

五

一年后，直治因脑溢血倒下了。

罪魁祸首当然是酒。

尽管人还活着，却半身不遂，吃喝拉撒全得有人照顾，跟死了差不多。这是下田忠夫到这个家的第四年。

不出所料，家里乱作一团。

时值年轻夫妇经营的"榉屋"糕点店步入正轨，滚滚财源眼看就要破门而入之时，直治却罹患了如此棘手的重病，让人唏嘘不已。

下田忠夫和富子原想趁热打铁再开一家新店的计划也因此而夭折。为了照顾生活不能自理的父亲，富子不能和丈夫一样起早摸黑在店里忙碌了，这段时间她在家专职照顾病人，下田忠夫每晚忙完后从店里赶回家。

阿久对前来探望的邻居们深表谢意。

"多亏女儿女婿对老头子孝顺，他本人很欣慰。老头子身体如今这样了，看在多年夫妻的情分上，我会好好待他的。"

折腾了一辈子的夫妻，到老了竟然是这样……六十一岁的直治早早落了炕，瘫痪在床，阿久在为他尽最后的夫妻情谊。其实，不管是架着步履蹒跚的直治穿过走廊去厕所，还是一勺一勺把些个糊糊状的东西喂进那㖞张斜的嘴里，前来探望或是偶尔路过的人们都能够看见阿久勤快的身影。

中风的康复不是件容易的事，经过一年的精心照顾和护理，直治的身体终于有了一些起色。为了他能够安心静养，阿久把他搬进了一个单间。当然，躺下和起来时需要阿久扶住头才行。本来就沉默寡言的直治独居后更是无话可说，只有客人到访时才会呜啦几句。吃饭虽说可以自己拿筷子夹菜而不用别人再喂，但需要阿久或者富子替他端着碗；上厕所仍由阿久架着，直治有时也会背着阿久自己扶门或摸墙过去，或许是因为尴尬和不好意思吧。

"这么危险你竟然一个人走，摔倒了怎么办？"
每次被阿久发现总免不了一顿斥责。

下田忠夫的西式糕点店门庭若市，生意火爆。他又招聘了一位专业点心师傅作为帮手，另外，柜台的销售也增加了三名年轻女店员。下田忠夫的手艺得到顾客认可，"榉屋"糕点店好评如潮，回头客剧增。增加人手为的是让富子完全从店里忙碌的事务中解脱出来，专心照看父亲。如果富子想去店里看看，下田忠夫就与她轮换交替，一般是中午做完点心后他回家，富子轮换去店里，晚上九点左右富子再回来。

下田忠夫仍一如既往地寡言少语，他尽心尽力地照料直治的生活起居。

"忠夫和老头子挺对脾气的。比起富子来，老头子更乐意让忠夫照顾他。……忠夫对我可不如对直治那样亲切体贴啊。"

阿久笑着向邻居介绍，似乎流露出些许醋意。

"作为女婿，能如此尽心照顾瘫痪在床的丈人可不常见哦，他有那份孝心，也会对你好的。"邻家女主妇搭讪道。

左邻右舍对忠夫的评价都很高。"长野家的女婿真好啊"，不仅以前的农户朋友这么说，住在附近这条街上的人们也都很羡慕。下田忠夫尽管其貌不扬，但却有与"店主"身份相匹配的沉稳气场。是经商的辛劳磨炼了他的身心，让他形成了富有个性的行事风格，沉默寡言之外又给人以踏实可靠的印象，让人觉得他为人坦诚不做作。

他非常注意培养客户，关注客户的需求，对于那些整日在家的全职太太们，他会很贴心地将新出炉的点心送货上门。而且，无论她们订单量多少，他都风雨无阻及时送货，毫无怨言。美味的点心加贴心的服务让下田忠夫的店铺渐渐有了名气，尤其是以下的情景更具营销力：主人拿下田忠夫家的点心招待客人，客人品尝后如同发现新大陆一般赞不绝口，然后口耳相传，店里的生意越来越火。

德永老师的漂亮妻子也是下田忠夫糕点的粉丝。英俊帅气的德永老师在富子就读的中学里就颇有人气，后来去了另一家高中教课并和相恋已久的女友成婚。妻子是位富家千金，他们现在居住在一幢风格雅致的高级公寓里。美男子德永虽然容颜已老，不再有往昔如电影演员般的俊俏面孔，但他妻子却依然风姿绰约，这位美人胚子总是妆容精致、楚楚动人。

从小在家境殷实的环境里生长，她一直过着奢侈的生活（就中学教师妻子的身份而言）。她喜欢在下田忠夫正欲从店里下班回家之际发送加急订单，这种癖好简直是绝无仅有，尽管无实际意义且让人不可思议，但联想到她与几位前任男友的轰轰烈烈的恋情以及闻名遐迩的"名媛"雅号，也就不难理解了。

林子大了什么鸟都有。偌大的 N 新田一旦成为新的成片开发住宅区，势必会有三教九流各色人等搬入，这些和长野家人的私人生活毫无关系。

一年后，长野家发生了一件大事。

直治死了!

晚春的一个夜里，瘫痪一年多的直治独自一人扶墙走到了庭院对面外廊，结果一失足摔了下去。走廊下面杂乱堆放着大小不一的庭院景点石，是建这座房子时为修葺庭院运进来的。直治摔下时脑袋正好砸在外廊边的一块石头上，当即身亡。事发当时没有目击者，家人也不在身边，等人们闻讯赶来时一切为时已晚。

话虽如此，可当时家里并非无人。据阿久向医生和邻居们介绍，她和女儿富子都在家。阿久当时在里屋缝衣服，听到外廊方向发出声响后起身察看，发现丈夫躺在地上，头部淌着鲜血。近来直治愈加反感阿久或富子扶着上厕所，随着身体逐渐康复，他自己经常一瘸一拐地摸到厕所去。

"富子! 富子快来! 你爸出事了! "

阿久从走廊上跳下去，两手抬起直治的肩膀冲着里屋大声喊道。

没有回音。

"富子! 富子! 你在干什么?"

阿久的厉声尖叫并没有立刻唤来富子。大约十二三分钟后，富子才现身。

阿久和富子一起把直治抱到铺席客厅里①。

"你在哪儿？干吗这么晚才来？"

"晾晒的衣服忘了收，刚才正在后院……"

富子小声回答。

"你居然不在他身边，让他一个人……"

阿久痛心疾首，悲痛地喊道。

头部撞到庭院景点石上的直治当即一命呜呼。

一句话也没留下。

享年六十二岁。

"每次上厕所都是我们搀扶着去的，说了多少次一定要叫我们才行，这老头，不知道是嫌麻烦还是嫌弃我们，总是背着我们悄悄地去厕所。我们一直关注他的一举一动，没想到最后还是出了这事儿。"

阿久悲恸欲绝，跪在守灵位向前来吊唁的人们泣诉着。

下田忠夫和富子并排跪在母亲后面，低着头。

直治"五七"之后，富子和下田忠夫突然提出一件大事。

---

① 铺席客厅：用于接待来客铺榻榻米的房间，客厅，亦指相对铺木地板而言铺着榻榻米的房间。

富子说："妈妈您已经一个人了，没必要住这么大的房子，我们一起搬到店里住吧？住一起多好啊，我们一直是店里、家里两边跑，累得有些受不了了。"

"到店里一起住？有我的容身之处吗？"

"所以要扩大店面啊。妈，店隔壁的邻居有一套大房子要出售，买下那家房之后我们就扩大店面。这样您也会有一间完美大气的起居室。"

平素寡言少语的下田忠夫居然也积极热情地劝说。

"你们俩有那么多钱吗？"

"我们把这个宅子、土地和庄稼地都卖了，资金不就够了吗？"

"不卖！"

原来你们打这个主意啊，阿久猛然摇头。

"我不会搬走的，至少现在不会。这房子我和你爸住了很久，只有当我老到走不动的时候才会考虑搬家。我也不会再卖土地了，绝对不会卖的。你们不想回家可以不回。我能够种地、做饭，自己照顾自己。"

面对阿久的强烈反对，富子悄悄瞟了一眼丈夫。

阿久时年五十六岁。

六

　　于是，N 新田的长野家宅子一直没有出手而保留至今。

　　"长野忠夫"的门牌似乎见证了大宅内发生的故事。庭院里，高耸的榉树和茂密的杂木林依然在展示着这家农户的武藏野遗风，一切如旧，风平浪静。

　　历史连接着过去和未来，一个家庭的历史亦如此。

　　阿久坚持己见，坚决不卖宅子和土地，谁劝都不管用；下田忠夫夫妇碍于面子，也不能把老母亲一个人扔在家，于是延续店里家里两头跑的生活方式，与往常一样。遇到特别忙日子就让下田忠夫住在店里，富子回家照顾母亲；平时两人相偕同归的情形也不多，通常是富子回家晚一点，下田忠夫提早回来。

　　长年的两头奔波令年轻夫妻疲惫不堪，如果母亲阿久能搬到店里一起住，至少路上耗费的时间就省下了。重要的是，近来地价一路飙升，如果此时把老宅子和那块地皮出手，赚头一定可观。有了一大笔钱，扩大店面也好，装修店铺、提升档次也好，一切得心应手，绰绰有余，随之而来的顾客盈门必定带来营收大增……可惜，在这样大好商机面前，下田忠夫夫妻束手无策、一筹莫展——即便能从银行贷到一半的款，自筹的那部分也绝非一时半会儿能凑齐。

下田忠夫和富子心中怅然不快，对母亲阿久的固执颇有怨意，萌生了怨恨。

"老头子留下的东西我绝不会轻易卖掉。手中无钱怎么给自己养老送终？真到了全部依赖忠夫他们，给他们添乱的地步，我恐怕只有哭的份儿了。"

"不可能的事！"银丁堂的老板信誓旦旦，但他没有说出底气由何而来。

"趁身体还能动时多做点农活是正经。把房子和地都卖了，整日无所事事，那才给人徒增烦恼、遭人嫌弃呢。我不明白忠夫和富子到底有哪些不方便，之前他们一直是店里上班、回家睡觉这种生活方式，打工一族不都是这样吗？话说回来，现在的这家店不也是我们老两口卖了土地才凑齐钱开办的吗？我不会改变主意的，您也别劝了。"

银丁堂老板低下头，缄默不语。

"老太太只要活着，你们休想动她一分土地，也绝无可能用这块地做抵押。"

银丁堂老板对下田忠夫如是说。

阿久今年五十六岁，她面色红润、身体丰腴、体态轻盈，至今没有一丝白发，不仅如此，直治的去世反倒让她逆生长一般，更显得年轻。从身体状况看，死对于阿久来说还很遥远。

从此，长野家的格局发生了惊天逆转！剑拔弩张的紧张氛围开始笼罩这座武藏野遗风的老宅子，往日的宁静和祥和完全不再——下田忠夫仿佛打破了什么禁忌，突然暴跳如雷地对岳母大吼大叫，尤其是富子不在家的时候。歇斯底里的咆哮声惊动了四周邻里，单从声音判断，他仿佛是在训斥一个街头乞讨的老妇，压根儿没有岳母争辩的份儿。

与下田忠夫飞扬跋扈的嚣张气焰相比，阿久总是嗫嚅几句后就陷入长久的沉默——她似乎孤独无助，等待女儿回来救她。

"真不像话！这个下田忠夫突然觉得自己是个人物了，了不起了，芝麻大的事就跟我大喊大叫，好像我是他家的用人，岂有此理，把我当什么人了！"

阿久气急败坏地向邻居抱怨，而且，每次都不忘捎带数落几句下田忠夫的长相。

长野家的四周围已经盖满了住宅楼，邻居越来越多。

"长野家那个敦厚老实的上门女婿居然变得如此蛮横无礼，简直不可思议！"

主妇们对于八卦消息总是兴趣浓厚、充满好奇。她们首先感到意外，继而觉得阿久可怜，在好奇心的驱使下她们总爱刨根问底。

"那富子怎么说呢？"

"一日夫妻百日恩，不能指望富子，她不会过分指责他的，再说，下田忠夫在她面前一直是温顺老实的，她说夹在母亲和丈夫之间做人很难。"

"唉，孩子也很为难的。"

邻居们看着不太说话的富子，打心眼里同情她。

不仅如此，邻居们对下田忠夫的评价并不坏。下田忠夫虽不善言辞，但态度谦逊，恪守顾客至上的经营之道，不管客人预订的点心数量多少，他都是仔细包装好准时送货上门。最重要的是——他的糕点实在好吃，征服了食客的味蕾。

阿久和女婿因为出让土地之事爆发激烈冲突的八卦新闻已经家喻户晓，况且阿久还有意无意爆料些一手消息。至于她坚持的理由，无非是跟银丁堂老板说的那一套。

邻居们众说纷纭、莫衷一是，有人认为下田忠夫没错，阿久目光短浅和冥顽不化确实阻碍了蛋糕店业务发展，下田忠夫不满和心烦而大发雷霆是不无道理的；另一些人却觉得阿久有理，老人自己手中有积蓄，身衣口食才会不致淡泊，一旦把名下的最后一块资产卖了，失去养老的经济保障，就会成为下田忠夫夫妻的累赘而遭嫌弃，这种例子屡见不鲜，所以应该死守，坚决不能卖！

一般来说，退休白领和要儿女照顾的鳏寡老人大多持后一种看法。

阿久和忠夫的矛盾越发尖锐。只要下田忠夫下午提早回家（富子通常不在家，为接替他而去了店里），邻居们就能听到他不堪入耳的叱责辱骂和打碎玻璃器皿发出的刺耳声响。

每每听到下田忠夫的厉声喝问、恶言怒骂和阿久日渐式微的呜咽哭泣，邻居们不免长叹数声、陷入沉思——倘若丈夫直治还在，哪怕瘫痪在床，作为上门女婿的下田忠夫岂敢如此"造次"？阿久恐怕早就拍案而起、痛加辱骂，将其扫地出门了。但事到如今，一个寡妇，而且是日渐衰老的女人，阿久恐怕只得忍气吞声了，这真是前所未有、令人齿冷啊。

夹在母亲和丈夫之间的富子什么都不做，什么也做不了——哪怕下田忠夫当着她的面辱骂母亲阿久，她仍然袖手旁观、无动于衷——既不维护母亲，也不站在丈夫一边，而且也丝毫没有从中调解矛盾的意图。然而，连不知情的局外人也能够从富子脸上发现她无法排遣的痛楚。

面对下田忠夫日益疯狂的虐待，阿久越发坚忍，不能卖地的决心越发坚强，她发誓要守住最后的财产。而下田忠夫夫妇也并没把事做绝，他们没有抛弃阿久，没有一气之下离家搬走。大概一则担心那样做有失颜面，二则因为店铺太小，夫妇两人起居实在憋屈，腾挪不开。可以推论，下田忠夫由此产生了多么强烈的愤懑和焦躁不安啊。

一家三口在打打闹闹的生活中度过了一年，突然，坊间传出了下田忠夫和德永老师妻子的绯闻。

德永老师的漂亮妻子是榉屋西式糕点店的常客，也是下田忠夫的忠实粉丝，下田忠夫经常送糕点到府上而与她接触较多。这位公认的有钱有闲的知性美女居然和其貌不扬、毫无品位的糕点师傅搞在一起，实在有悖常理，让人匪夷所思。唯一的解释是：德永妻子素来水性杨花，一两个男人填补不了她的欲望，而送货上门的下田忠夫忠厚老实、不善言辞，比那些华而不实的花花公子更富新鲜感，尝尝鲜也未尝不可。

绯闻从何而来不得而知，但内容劲爆且有说服力，很快就流传开来，成为人们茶余饭后的谈资。不管是夫人频繁下单还是下田忠夫频繁送货，都演变成二人秘密幽会的情节，甚至有人还说看见两人傍晚时在杂木林偷情的场面。

阿久反抗下田忠夫的勇气也因此与日俱增。

"你和有夫之妇私通时，想过富子有多么可怜吗？"阿久声音提高八度，故意让邻居们听见。

身为人母的阿久为了女儿富子，对女婿展开了激烈的反击，这次，邻居们都站在阿久这一边。

富子面对绯闻的态度十分暧昧，不知是把吵架这种活儿全部交给了母亲，还是觉得丈夫劈腿出轨丢人现眼，总之，争吵中没有听到她的声音。

矛盾骤然升级。

邻居们清晰地听到了下田忠夫动手打人的声音——起初，阿久在屋里四处逃窜的声音和下田忠夫"臭老太婆"的咒骂声此起彼伏，紧接着脆亮的扇耳光声和随之而来的阿久的哀号悲鸣，这让邻居们噤若寒蝉。

悲哀的现实，谁也无能为力。

这种状况持续了三个月——

直到秋天的一个夜晚，阿久突然殒命，被人勒死在家中。

当时，下田忠夫夫妇都不在家。

七

十月二十五日晚七点半，富子如往常一样从 M 站坐上电车，九点左右回到家中……

之后的情况是富子向警察描述的。

——踏进家门后的瞬间，富子觉得有一种不祥之感袭来。倒是没什么确切的根据，只能说发自一种预感，而且这种预感十分准确，多次应验，富子不由得停下脚步凝神谛听，她旋即退了出来，按响了邻居家的门铃。

下田忠夫昨天和店里的几位师傅一起参加了一个短期旅行，因为有去富士山麓泡温泉的项目，所以今明两天要住在箱根。

邻居夫妇陪着富子一起进了家门。

家中悄无声息。

阿久的卧室是在走廊相隔的里屋——一间有八张榻榻米大的房间。

黑暗中，阿久盖着被子静静地躺在榻榻米上，无任何异样。富子拧开灯后三人不由得发出了惊恐的叫声——双目紧闭的阿久脸上呈现暗紫色，脖颈上有条清晰的勒痕。

警车呼啸而至。

法医查看了尸体，判断死亡时间不到两小时。也就是说，阿久是在八点左右被害的，具体情况要通过解剖才能确认。警方推测是被人勒紧脖子窒息而死，由于没有反抗的迹象，疑似是在熟睡中被人下了毒手。没有找到凶手所用的绳索，但法医判断凶器是类似细绳一样的东西。

家中没有被盗，榻榻米、后门口以及过道处也没发现陌生人的脚印。富子一一查看了衣柜和箱子，发现抽屉里阿久名下的五十二万日元存折、印章以及衣柜中值钱的衣物均未丢失——尽管富子和忠夫都不知道阿久有这个存折——不过，阿久平时随身携带的蛙嘴小坤包里却空空如也。警方根据现场勘查综合判断，不认为是一起入室抢劫案件。

在警察们忙碌之时，富子用邻居的电话打给了在箱根旅馆的丈夫。

"长野先生五点半时出门了。"

同行的店里师傅接起电话说。

"这么晚了还在外面？他今天应该是住箱根的。"

"是的。好像突然想起什么急事就匆匆出去了。大概快回来了吧？"

对老板娘的这种突然来电绝不能掉以轻心，胡乱搪塞，倘若下田忠夫打着旅游的幌子暗度陈仓与情人幽会，那么对夫人来电查人就务必小心对待，回答必须滴水不漏。

"好吧。他回来后请转告他尽快联系我。"

富子告诉了邻居家的号码后便挂了电话。

"五点左右出了旅馆，现在已经十点二十，五个多小时了，要是回东京应该早到了。"

警官举腕看表，眼中带有狐疑的神色。

房里采集到的指纹全是自家人的。

"夫人，您母亲最近得罪过什么人或有无宿怨？"

一位像是警长的人问道。此人仪表堂堂，颇有气场——尽管没穿警服而穿着西服套装，系着一条时髦的领带。

"没有。"

"她的交际范围怎样呢？"

"母亲没有什么朋友，人际交往范围很窄，街坊邻居也只是在路上碰面时点点头而已。"

那人又问起阿久与家中其他成员关系如何。

"您丈夫是西式点心店的店主，肯定很有钱啊。您家的店在这一带名气很大，生意兴隆，我认识的人都光顾过。"

那人笑了，随即笑容顿敛：

"请问您丈夫和您母亲关系融洽吗？"

富子盯着那人领带的时髦花纹若有所思——她没有立即回答，感到有些棘手。

"嗯，父亲生前两人关系还可，父亲去世后就不……"

"就不好了？为什么？"

这位仪表堂堂的警官对富子的回答十分敏感。

"……"

"就是说，如果把您母亲名下的那块土地按当时市场价格卖出去，就能套现四五千万日元，然后把这笔资金投到糕点店，扩大店铺的生产规模，赚头可就更大啦。您丈夫希望岳母卖地卖房的心情可以理解，想必您本人也是这样打算的吧？"

"请不要误会。因为母亲反对，丈夫就放弃了。"

"但是，如果您母亲一旦去世……现在确实已经去世了，这块土地就归您了吧？"

这位身穿剪裁得体西服的男人话锋突然一转，说话语气和眼神都变得尖锐起来。

"你是说我丈夫……"

富子惊悸地问道。

"不，我没这么说。现阶段警方的判断除了不是入室抢劫外，不会有任何先入之见。"

"我认为，随着母亲的日渐衰老，她不会顽固地坚持下去。退一步说，即便她坚持，也活不到几十年之后，所以，我们可以耐心等待，一直等到她安详离世那天。丈夫也这么想，所以就没再勉强老人家做任何事情。"

"嗯，说得是。"

这位警官似乎对富子的话漫不经心。

"您丈夫还没有到家，从箱根回来不至于这么慢啊？"

说着，他瞟了一眼窗外——几个警察拿着手电筒在院子里来回走动。

"从箱根的 × × 旅馆出发，附近就是轻轨小田急线的汤本站，一个半小时完全能够到达新宿，然后，从新宿乘坐电车加上步行时间，一个小时就能到家，假如他五点离开旅馆，七点半左右应该能到家。至今还没见到他的身影，也够悠闲的啊。"

时钟的指针已经过了十一点。

"您丈夫说了回来时要顺便去哪儿吗？"

"我没问他。"

"您是什么时候到家的？"

"八点五十五分。进门时觉得家中气氛不对，就去叫了邻居陪我一起进门，大概花了十分钟。"

"您几点离开店的？"

"大约七点十分。"

"从店里回家要花近两个小时吗？"

"坐电车要四十多分钟。从店里走到车站加上等车的时间大约有十五分钟，从车站下车步行回家还要花七八分钟。一般一个小时足够了。"

"这么说，您今天多花了近一小时？"

"嗯。我去了德永老师家送他们订的点心，他们家在东边，离我家约一公里。我丈夫昨天接了人家的订单，今天他去了箱根没法送货，于是就由我送去了。"

"那位德永老师是您店的顾客吗？"

"是的。我丈夫经常上门给他们送货。"

"您在他家待了多久？"

"我和德永夫人聊了三四十分钟，按我的走路速度一公里来回要花三十分钟。"

"您离开店时，店里有店员吗？"

"有。两个男学徒一直不离开店里。"

富子双手交叠放在膝上，手上 0.5 克拉的钻石戒指熠熠闪光，这是母亲三年前送给她的结婚礼物。

很快，警察初步掌握了长野家的如下情况：一是被害者阿久和上门女婿下田忠夫之间发生过激烈的冲突以及两人发生冲突的原因；二是夹在生母与丈夫之间的富子的立场；三是下田忠夫和德永夫人之间的绯闻，等等。其中，下田忠夫辱骂、殴打阿久的举动引起了警察的关注。

"那是事实。"

四天后，在富子第三次被讯问时，她很难过地承认了生母和丈夫关系不和的事实。店里的两位年轻学徒和德永夫人也都证明了她当天只身回家的行踪。

"能说说下田忠夫和德永夫人之间的传闻吗？"

"我虽有所耳闻，但并未在意，觉得纯属无稽之谈。那天我给夫人送点心时，我们还聊起过这些捕风捉影的流言蜚语呢。"

"您判断下田忠夫现在在哪？"

"不知道。我也想他尽早回来。"

下田忠夫自离开箱根的旅馆后至今行踪不明。

八

经向列车站务员求证，一位衣着和相貌极像下田忠夫的人于十月二十五日下午五点二十分登上了小田急线由汤本站发车的快车。这班轻轨电车到达新宿站是六点三十分，从新宿站换车到 N 新田站大约需一小时十分。法医尸体解剖证明阿久死亡时间为晚上八点，因此，下田忠夫是有足够作案时间的。

当地警察署搜查本部对案件过程做了如下推理：八点前忠夫回到家中将岳母阿久勒死，之后离开，约一个小时后富子回家，发现了母亲的尸体。

根据推理，显而易见是下田忠夫有预谋地杀害了岳母——外出旅游留宿箱根是为了给自己制造"不在场证明"；他对身在旅馆的同伴说"有事出去一下就回来"，给人的感觉是借机出去和喜欢的女人幽会；至于杀人动机，则再明显不过——怨恨丈母娘阿久不肯卖地，如果把丈母娘杀了，就能名正言顺地拿到四五千万日元的巨款继而达到扩大店铺规模的目的了。

然而，将杀人事件伪装成入室抢劫后，下田忠夫害怕了。要命的是，即便他按照原计划又回到汤本的旅馆，这期间他不在现场的证明也无法成立。下田忠夫绞尽脑汁，想到各种借口，但终究无法自圆其说而只得走为上——这种推理连普通老百姓都能想到。因为，案发后下田忠夫确实已经失踪一周了。

搜查本部通过东京警视厅下达了对长野忠夫的通缉令。

两周后，下田忠夫在九州的一个小旅馆被警方捕获。

当时，他神情沮丧，面容憔悴，衬衫和外套上满是污垢——还是去箱根时穿的衣服。第二天，他在东京警视厅两名刑警押送下从颇负盛名的挂面之乡乘坐快车回到东京。途中，两名刑警一左一右坐在他身边，一件警服外套遮盖着他带着镣铐的双手。下田忠夫始终双眼紧闭，端来的盒饭吃了一口后就推开了，但觉察到他的嘴角隐约闪过了一丝笑意。

进了警察局，下田忠夫一五一十地交代了自己行凶的全部过程，跟警察的推理如出一辙。

——下田忠夫到家时，习惯早睡的阿久已经睡熟了。

富子一般九点半左右回来，下田忠夫必须赶在她回来之前杀掉阿久。为此，他决定，如果阿久没有睡觉他就扑杀——从后面将其推倒然后勒住脖子。下田忠夫站在阿久的枕边双手合十，然后骑在熟睡的阿久身上用细绳死死勒住她的脖子——绳子是用于捆绑装送糕点原料箱子的，十分结实——阿久拼命挣扎，下田忠夫整个身体压在阿久身上，双手不断收紧勒住她脖颈的细绳，拼命挣扎的阿久很快精疲力竭，二十分钟后，身体松弛下来，并出现死前痉挛。

事毕，下田忠夫拿走阿久的贴身钱包快速出了大门，向车站方向走去。途中他突然停下脚步，短时间内在车站再次露面不会引起工作人员的注意吧？于是，他拦下一辆出租车——岳母临死前挣扎的惨状以及无法解释"不在现场"的苦恼令下田忠夫内心惶恐不安，于是他索性到了东京站，登上开往大阪方向的列车。

下田忠夫在京都、大阪等地漫无目的地游荡了五天。途经神户时，他把作案的细绳和已经空空如也的小钱夹子扔进了大海。不愿也不敢正视的现实强烈地啮咬着他，想到将来的人生之路，想到苦心经营的事业毁于一旦，他感到人生的末日将至，想就此了结。为了寻找适合自杀的地方，他徘徊到了中国，又辗转至九州流浪到乡下，正在四处游荡时，被当地刑警发现了。

下田忠夫对其罪行供认不讳。

案卷被警方送到检察厅。

年轻检察官 A 是此案负责人。他仔细审阅了警方送来的案卷，也对下田忠夫进行讯问。看来，此案线条清晰，证据确凿，嫌疑人供认不讳，其妻子富子的口供也证明了富子的亲生母亲阿久与上门女婿关系不和，有过激烈的冲突；警察的记录中也反映了邻居们证实的下田忠夫经常叱骂阿久，甚至拳脚相加。尽管凶器细绳这一物证已被下田忠夫扔进大海而无法找回，不过，以上证据已经足以证明下田忠夫的犯罪行为。

A 检察官决定提起公诉。

在拟定起诉状时，A 检察官再次细读了警察的笔录，其中有一个细节引起了他的注意。

警方在警察署的审讯室讯问下田忠夫时的笔录如下：

……

问：描述你到家后的情景。

答：我岳母已经睡着了，她没有察觉我拉开隔扇门进入她的房间。岳母屋里是黑着灯的，但隔壁屋子开着灯，借着从隔扇透过的微光我看清了屋里情况。我站在岳母阿久的枕边双手合十。

问：为什么双手合十。

答：向即将要杀的人赔罪。

问：你合十的动作是怎样的？

答：手指和手指交握在一起，然后合掌。

问：不是像平常面对佛坛那样，手指和手指相对吗？

答：不是。是这样手指和手指半握在一起合掌的（演示了一遍）。合掌之后，我就拿出绳子跨过她盖的被子骑在她身上，然后用细绳勒住她的脖子。

初次看到这段文字时，A检察官是这样理解的："嫌疑人对岳母还存有恭敬之心，对岳母出资给自己开糕点店心存感激，因此，在动手行凶之前双手合十以表诚挚的歉意。"而现在，再次读到这段文字时他不由顿生疑窦：下田忠夫对自己憎恨的人双手合十，他当时有这份闲情逸致吗？

阿久不是他的亲生母亲，是他咬牙切齿要置于死地的仇人，按说下田忠夫当时应该处于情绪亢奋和紧张的状态，而且时间上也不允许他磨蹭，要赶在富子回家前杀掉阿久并且再返回箱根，他会有双手合十的心情和时间吗？

　　A 检察官带着这个疑问去了拘留所，见到了下田忠夫。

　　"没错，我在勒死岳母之前确实这样双手合十。"

　　下田忠夫的回答十分肯定，并且还给检察官演示了手指交握合掌的姿势。

　　第二天，A 检察官早餐时不经意瞟了一眼妻子无名指上的翡翠戒指。

　　这枚翡翠戒指是妻子的婚戒丢失后重新给她买的。此时，这件每天都熟视无睹的物件让他联想到下田忠夫的妻子——富子手上那颗闪闪发光的钻戒。十年前，妻子也有这样一枚钻戒，在一次洗衣服时从手上摘下放在了一边，后来这枚钻戒竟然神秘地消失了，他们搜遍家中每个角落也难觅踪影。尽管事后推测可能是一位进门推销的男人偷走的，但因为没有证据，只好不了了之，以后也没再买新钻戒。

　　现在，妻子手上的戒指却让 A 检察官脑中闪现一道灵光，他接连问了妻子好几个问题。

　　来到办公室，A 检察官再次调出下田忠夫的案卷，仔细阅读了所有文件。这次，不少疑点进入了他的视野，他在每篇笔录上都做了十几处标记。

　　下田忠夫入赘直治家，成了乘龙快婿后，他跟直治的关系一直和睦，与阿久也相处不错，一家人其乐融融。直治死后，因为阿久坚决不同意卖地，下田忠夫对阿久态度急转直下，变得挑剔、刻薄乃至发展成谩骂、虐待、殴打。但诡异的是，为人强势霸道的阿久却一反常态，逆来顺受，默默承受下田忠夫的所作所为——时间越久这种奇怪的现象越发明显。这些情况A检察官之前未曾留意，现在再看，让他觉得下田忠夫和阿久都有嗜虐倾向，而且两人的关系有些过分亲密。

与此相反，富子的态度一直耐人寻味、难以捉摸——与其说她夹在亲生母亲和丈夫之间很难把握分寸，倒不如说她一直是在袖手旁观，冷冷地看待母亲和丈夫的一切。

根据邻居的证词，阿久对下田忠夫开始强烈反抗是在德永的妻子和下田忠夫传言四起的时候。这件事在调查阶段已经被证明不属实，想来阿久对女婿发火可能只是因为心疼女儿吧。

A检察官把思绪从头到尾思捋了一遍，最后，再次去了拘留所。

"你从箱根回来，从后门进家的时候，发现屋里已经有人捷足先登了吧？"

忠夫目瞪口呆，脸色煞白。

"你看到之后立刻在附近躲了起来，你想看这人究竟想在阿久卧室里干什么。隔壁屋子有光透过来，所以你看得很清楚。那人站在阿久枕边合掌，然后动手勒死了阿久。你目睹这一切但没有去制止，因为你也想杀掉阿久。你突然从箱根返回家中就是这个目的。就是说，这个人抢在你的前面动手了。你是在这人杀了阿久出了家门之后才离开家的，对吗？"

下田忠夫低下头，缄默不语。

"但你却录了假口供。为了录假口供你必须要把你看到的说成是你自己做的，并且要说得天衣无缝，让人完全相信是你做的，包括杀阿久之前的双手合十动作……事实上那人并不是在对阿久双手合十，而是她在摘掉手上的戒指。"

下田忠夫抬起头，满脸惊恐地瞪大眼睛看着检察官——那是当人们发现自己犯了致命错误时惊愕到极点的表情。

"有的女人在做粗活前会习惯把手上的戒指摘下来。比如说，在洗衣服时，或者是打包大件东西时。此举既是对戒指的保护，也是防止弄伤手指。因为用绳子之类捆绑物件时，手上一使劲儿，戴着的戒指就会硌着别的手指……"

"……"

"这个女人在杀阿久之前，由于此习惯而有了摘下戒指的动作。借着隔壁房间的微弱灯光，你觉得凶手在对着阿久双手合十。因为你们之间有一段距离，而且你又是在暗处偷窥，所以难免看错……不过你觉得合情合理，毕竟是亲生女儿弑母，你看到双手合十的第一反应是理所当然。为了证实口供的真实性，所以你在供词中加了'双手合十'这个动作。"

"富子已经招了？"

下田忠夫脱口而出。

"先回答我的问题！富子是什么时候注意到她的丈夫——你和她生母阿久之间的关系的。"

"富子一直没说什么，可能是……"

下田忠夫大汗淋漓、面如灰土。

"可能是两年前吧，在我岳父中风病倒之后。从那开始岳母对我的需求越发强烈。"

"需求越发强烈？什么意思？"

检察官追问。

"在我还是单身汉在她家租房的时候，我就和阿久在一起了。那时直治身体还很硬朗，富子刚满十七岁。阿久急着让富子和我结婚，是怕她和我的私情被直治和富子知道，更怕邻居们风言风语。"

这次，轮到检察官瞠目结舌地坐在那儿发怔了。

"阿久无论如何不同意搬去店里住。如果去店里，不仅店面改建期间住房会狭窄，而且还有留宿店员们的眼睛盯着，所以还是我们三人住在宽敞的乡下宅子里方便。我总是以店里需要人值守为由和富子错开时间回家，阿久性欲很强，她任何时候都可以来。说把地卖了心里会不踏实什么的，其实都是借口，她是想尽可能延续跟我的肉体关系。有时，我也想从这种畸形变态的关系中挣脱出来，但一动这念头，下体就会奇怪地产生一种快感，让我变得犹豫不决。"

"嗯。所以你就动了杀心？"

"要想摆脱这种关系，除了杀死阿久别无选择。而且，我也想快点得到那块地，拿去卖掉，扩大我的生意……检察官，要是我早点杀了阿久再自杀就好了，这样，警察就会根据遗书断定我是凶手。请您一定要从轻发落富子，她是个可怜的女人。"

下田忠夫最后说道。

——富子在 A 检察官讯问时的供述：

我是四年前，我十五岁时发现母亲和下田忠夫的不正当关系的——母亲总在父亲睡熟后悄悄溜进下田忠夫的房间。母亲在深夜蹑手蹑脚穿过走廊的脚步声经常把我从梦中惊醒，父亲似乎也有所察觉。但父亲因嗜酒如命，在母亲面前抬不起头来，所以对此事一直保持沉默。而且，整日酗酒的父亲对妻子缺乏应有的关爱，尤其是每晚把自己灌得酩酊大醉后倒头酣睡，根本无法满足妻子的生理需求，使得他在母亲面前诚惶诚恐、唯唯诺诺。在卖地的钱被人骗走之后，父亲就更加卑微得无以复加了。

我十七岁时，母亲突然提出让我和下田忠夫结婚。尽管我心里清楚母亲的企图，但我并不讨厌下田忠夫本人，而且，我更觉得这门婚事对可怜的父亲或许是个解脱，女儿愿意为此献身，于是我答应了母亲。她破天荒花了二十万日元为我买结婚钻戒，想通过此举获得我和父亲的信任，然后继续明修栈道、暗度陈仓。所以，我和下田忠夫结婚后，母亲依然我行我素，继续在我和父亲的眼皮底下维持着和下田忠夫的肉体关系，乡村的恶俗已经渗到她骨子里了。每当我假装睡着，下田忠夫从我旁边悄悄起身去母亲的房间时，我的心和我的身体如同被撕裂一般地疼痛，我不知道自己是如何忍过来的，而且，我一直掩饰着从未对下田忠夫提起。

尽管父亲已经半身不遂，饮食起居都要人服侍，母亲仍然觉得他是个障碍，当然，我也是，对母亲来说，障碍少一个总归是好，于是，她动了杀念。都说父亲是因为执意自己去厕所而不小心摔倒、头撞在庭院的石头上不幸身亡的，实际上是母亲亲手杀害的。当时我正在后院收晾干的衣服，突然一阵心悸，感到有一种不祥之兆。我快步从后院穿过庭院，向看得见厕所的方向望去，刹那间，我亲眼目睹了母亲动作麻利地将步履蹒跚的父亲从檐廊推下庭院的一幕。

当时，一股电流般的恐怖感传遍全身，我双膝发抖，上下牙磕磕绊绊——对父亲的哀恸和对母亲的惊恐令我说不出话来也迈不开腿。直到听见她的呼喊声后我才艰难地返回后院，然后又假装作从后院跑过去的样子。现在，每当我追忆当天的情景就宛如在噩梦中一般，"是我和母亲共同实施了犯罪，是我和母亲一起杀死了父亲！"——我如此恨我自己，这种情绪越来越强烈，并且转化成对母亲的仇恨。

父亲死后，母亲更加明目张胆、变本加厉地纠缠下田忠夫，她如色中饿鬼，情欲越发贪婪。她之所以坚决不卖地，目的就是为方便和下田忠夫继续他们丑恶的肉体关系。下田忠夫每周都会有三天提前回家，要我一人留守在店铺。此时，我就会魂不守舍、浑身虚脱，面对顾客怎么也无法保持笑容，眼前频频浮现他们两人在空旷的、无人打扰的家里翻云覆雨、为所欲为的情景，我对母亲的仇恨与日俱增！

我知道，下田忠夫也想尽早从这种畸形的男女关系中解脱出来，所以，父亲死后他一反常态地开始羞辱母亲，像对待仆人一样使唤甚至虐待她，母亲如果顶嘴，下田忠夫还会动手打人。奇怪的是，母亲从来不反抗，我也从未想到去劝解他们。下田忠夫虐待母亲的样子简直像夫妻之间调情一样黏腻不已，让人感觉其动作之间满是情欲。尤其是母亲，挨打时虽然蒙住了整个脸庞，但从她五十六岁的身体上竟能感到一种年轻人才会有的性兴奋，一种难以言喻的性快感，虽然那种难以承受的痛感让她有所挣扎，但那是心醉神迷的挣扎。

我对母亲的憎恨到了极点。她不再是我的母亲，而是抢走我丈夫的女人，是杀害我父亲的凶手。我亲眼目睹了她的杀人过程而保持沉默，让我陷入万劫不复的悔恨之中，我是她的共犯——我欲报复母亲的心理日渐滋长，甚至起了杀心。于是，我在邻里之间散布德永妻子和下田忠夫的绯闻，传到了母亲耳朵后让她滋长嫉妒心。果然，以前下田忠夫无论怎样谩骂虐待她都能平静忍受，此后却大相径庭，开始对下田忠夫进行激烈的对抗。母亲撒泼发火的模样真像一只发情的母老虎。

我决定杀了她。

十月二十五日，我七点半从店里出来，带上头一天丈夫交代的给德永家送货的糕点上了出租车，到了N新田站附近后，我让司机把车停在一个偏僻的地方才下车，当时天色很暗，应该没人看见我。回到家，我把送货的点心盒子放在储藏室边，轻轻拉开隔扇门进了母亲的房间，借着隔壁屋子缝隙透进的微弱灯光，我看见母亲已经睡熟了。

我拿出事先藏在口袋的细绳——那是店里包装糕点盒用的——然后握紧细绳的两端。这时，我发现手上的戒指在熠熠闪光，于是我蹲在枕边慢慢摘下它。其实，摘下戒指不仅是为了动手勒住母亲脖子时更方便，而且是因为这枚钻戒毕竟是母亲送我的礼物，尽管是她本意是诓骗我，但我怎么能够带着这枚戒指去勒死母亲呢。

杀了母亲之后，我便拿起点心箱子给德永家送货去了，这跟我之前的供述顺序恰好相反。

那天，下田忠夫突然改变计划在箱根登上五点二十开往新宿的快车，之后就行踪不明了，我想他可能是打算回来做点什么然后又改主意逃走了。

……下田忠夫这种人是不会自杀的。他之所以在被捕后做假口供，一是对我心存愧疚，二是他也不想说出自己的耻辱；但是他不会替我承担弑母之罪的，尔后，他一定会用尽心思逼我出来自首。他就是这样工于心计。

我已经想好，等到法院对下田忠夫做出最终判决时，我就出来自首。我要让他在拘留所里多待一会儿，吃点苦头——毕竟他折磨了我这么久。

富子在 A 检察官面前，狠狠咬着手帕。

一对中年夫妇在一座新公寓楼前停下了脚步。

"哎？我记得这个地块上是一家种着榉树杂木林的大宅院……想起来了，门牌上写着长野忠夫，去年我来过这里。"男人问道。

陪同他来的房产中介拿着地图应道：

"那个大宅子变成了现在的这个公寓楼。长野先生变卖房产后像是去了九州还是什么地方，这块地当时还卖了好价钱呢。"

"原来如此，以前的那个大宅子被拆了，变成现在这个公寓了。"

中年男人满怀遗憾地说。

"这一带像样的农家宅院越来越少了。"

妻子催促着丈夫往前走。

"听说长野家里也发生了种种变故……"

房产中介低声嘟囔着。

路边，一个烟蒂冒着一缕缕青烟。对面，夹在房屋之间的杂木林随处可见，一尊道祖神像的石雕在十字路口伫立——

密宗律仙教

一

　　"尾山定海"是他的法号，也是他加入日本佛教真言宗^①僧籍后使用的名字，而且，创立了律仙教之后他也一直没有改变这个法名。

　　他出家前名叫尾山武次郎，出生于石川县动桥町^②附近的一户农家。

　　人们一直试图通过考察尾山定海的出生地来探究他那骄奢淫逸性格生成的原因以及背后那些鲜为人知的秘密。比如，他出生地附近有山中、山代、粟津等著名的温泉，稍远一点还有片山津温泉等。于是，有人说温泉之乡的民俗习惯对年少的尾

---

① 真言宗：日本佛教主要宗派之一，密宗的一种，空海法师在唐求法，回国后以东寺为道场弘法，故称东密。其后逐渐分为小野、广泽二流，从二流又分化出大量分派，大致可分为新义、古义二派。

② 动桥町：位于日本石川县加贺市。

山武次郎产生了巨大影响。持这种观点的人大概是想到山中温泉的那首"野猪夜晚出没"民谣。其实,出生于温泉之乡与尾山定海,也就是尾山武次郎的好色,似乎没有任何关系。

也有人试图通过对佛教圣地吉崎的研究来探讨尾山定海热衷于宗教的个中奥妙。众所周知,吉崎是莲如上人①建立传教所的地方,其本愿寺②的别院称之为"吉崎御坊"。尽管吉崎距尾山武次郎的出生地不远,但要和年幼的尾山武次郎扯上什么关系似乎很牵强。首先,莲如是真宗教派,他的父母也是真宗教派。

当尾山定海还叫尾山武次郎的时候,有一个哥哥和两个妹妹。哥哥妹妹与十五岁就离开家去金泽③的尾山武次郎毫无感情可言——尾山武次郎基本不回家,连父母去世都是后来才知道的,而他的兄长和妹妹也同样不知道尾山武次郎娶了一个什么样的老婆。

尾山武次郎离开中学后去了金泽,在一家印刷作坊④当了

---

① 莲如上人:日本净土真宗本愿寺第八世法主。

② 本愿寺:日本佛教净土真宗本院寺派的本山。

③ 金泽:位于日本石川县。

④ 印刷作坊:根据下文可知,不同于普通的打印店,规模比打印店大,有十台机器,需要招工人,但是规模又比印刷厂小,所以称之为印刷作坊为宜。

学徒并且有了栖身之地。当时，在没有任何人指导或关照的情况下，他毛遂自荐地敲开了这家小作坊的门，恳求老板让自己留下。他选择这家印刷作坊并非经过深思熟虑，只是路过时偶尔看到了店门口张贴的招聘排字工和打杂工的启事而已。假如当初没看到这张招聘广告，或许他会另谋高就，那是后话了。只是说，进入这家印刷作坊当学徒给他的后半生留下了难以磨灭的痕迹。

　　倘若按照这种方式描述尾山武次郎三十五岁前的经历，篇幅可能十分冗长，我就按时间顺序简单介绍一下他的生平吧。

　　这家作坊有十台活版印刷机，排字、拆版、装订等工序都在二楼。二楼的操作间旁边有一间阴暗的、八张榻榻米大小的房间，尾山武次郎就被安排住在那里。在这家作坊当学徒工并且住宿于此的小伙计共有四人，加上偶尔会有流动的手艺人来这里打短工，所以，这间八张榻榻米大小的房间里住六七个人的情况是司空见惯的。

　　尽管尾山武次郎是学习排字的学徒，但绝不可指望有人会教他技术，两年内做的工作只是打扫店内卫生、给排字师傅打打下手而已。吃饭也不是坐在铺有榻榻米的地板上，而是蹲在厨房里面。厨房的地面没有铺榻榻米，水泥地上放一张小桌，吃饭只能蹲着。

工人们的伙食十分简单，大多是青菜、白萝卜、胡萝卜、油炸豆腐块之类，雇用的厨娘偶尔也会做一些荤菜，比如切成薄片的鱼和切成碎块的肉。终年不见阳光的水泥房屋因其旁边的水井而愈显阴暗潮湿，水井的对面，有一小间用木板和磨砂玻璃隔出的浴室。

对尾山武次郎来说，在印刷作坊打工的最大好处就是会识字了——排字过程中的日积月累，自然而然地认识了不少字。学徒的代名词就是"打杂的"、"跑腿的"，即便后来熬到可以学习排字技术了，一些乱七八糟的杂活儿也始终纠缠不休，非你莫属。学徒制度①从设计的那天起就没考虑过什么叫"人权"，所谓"学徒"，说白了就是任何人都可以任意使唤的奴仆，被人随心所欲地使唤是家常便饭——被差使去做拆版和捡字，人手不够时被叫去做装订，等等；而且，挨打也在所难免，那些用于排字的木槌和扳手不知什么时候就会劈头盖脸地砸到你的身上，尤其是当你做错了事或是师傅心情不好时。

在装订间，尾山武次郎除了要做好制作小册子、切纸、裱糊、收集并捆扎印刷完成的纸张等杂活外，还要负责仓库的纸张管理。当然，把纸张按照页码装订起来的活儿更是必不可

---

① 学徒制度：基于师傅、匠人、徒弟的阶层关系进行技能教育的制度。

少，总之，一个不折不扣的勤杂工，什么活儿都做，才能真正学到技术吧。

虽然捡字和排字的工作让尾山武次郎认识了不少汉字，但仍有为数众多的汉字是他不认识的，广告传单姑且不论，书籍和论文里的好多词汇都令他抓耳挠腮，无计可施——尤其是金泽这边的一些大学老师喜欢把论文拿到作坊里来印刷和装订。

进入了专门学习排字阶段后，学徒们开始实际承担一些排字的活儿。票据的排版由于需要有格线排版技术，学徒们上手较慢，不过，一旦掌握了复杂的格线排版技术，就意味着出师了，能够成为一名合格的排版工人了。尾山武次郎觉得学术论文、随笔、读物和小说等属于"文章"类的活儿并不难，况且，排这种长条的文字可增加自己的汉字词汇，每当遇到一些不认识的生僻字，还可以去请教校对人员。

文章的校对主要由委托方负责，但是印刷作坊排出清样时也必须进行初校，通常由排字工的领班来担任。识字后的尾山武次郎渐渐能够辨别出"文章"的好坏优劣了，排字技能熟练之后，他能一只手拿着字盘和原稿，另一只手从字盘里正确地挑出字，这是不用目光盯着也能娴熟地做到的"盲捡"操作——活字排列的地方是固定的，这与打字录入时手指敲击键盘是同样的道理。

人的禀赋千差万别，尾山武次郎的聪明才智一旦用在这些方面，足以使他比一般人更早成为一名合格的排字工人。

一天，店里来了个新校对——一位三十多岁的男人。

这人是被东京一家报社辞退，万般无奈之际找到在政府部门工作的一名科长举荐而来到这里的。政府的科长是印刷作坊老板的老客户，他又是科长的旧友人，于是关系托关系辗转到了这里。这位长发披肩、颓唐沦落的文学青年竟然也住进了学徒工住的那间八张榻榻米大小的房间。他名叫夏夜，因为起初大家都听成了"夏秋"，后来索性管他叫夏秋。

六七个大小伙子挤在肮脏狭窄的地方睡觉着实让夏秋吓了一跳，他把它叫作"监狱"。但是已经习以为常的尾山武次郎并不这么认为，对尾山武次郎而言，只要能让疲惫的身体躺下来放松的地方都是天堂。夏秋看着这帮挤在一起的年轻人，操着九州方言问他们："喂，在这种地方你们能做那个吗？"当被反问"那个"是指什么的时候，他露着龅牙嘲讽地笑道："真是一群毛孩子。"

被报社解雇是夏秋本人主动说的。那家报社总部在九州，而夏秋从大学政治学专业毕业后入职的是东京分社。被解雇的原因是他染指了分社长家的宝贝千金，事情败露后，夏秋决定暂时离开东京，避避风头，待风波平息后再回去。奇怪的是，那位雅淑的名门闺秀却对他紧追不舍，让他内心十分矛盾——"我的这点工资可糊不了这女人的那张嘴。"尽管如此，他却发疯似的给那位千金写信，并且无比焦急地等待女人的回复。

夏秋教尾山武次郎识字，告诉他一篇文章哪儿写得精彩、哪儿写得拙劣。"这哪是大学老师的文章，只能算是小学作文吧——主旨不鲜明，结构兜圈子，用词也不恰当。"他一边分析一边动手修改。经过他添加、删减、调整后，一篇文章立刻变得生动而富有节奏，比原来的精彩得多，尾山武次郎不由得感叹道："真不愧是东京报社的记者啊。"

印刷作坊的老板是一位年近五十、身材臃肿的红脸汉子。每天必和老婆一起洗澡是他的癖好，而鸳鸯浴就在那间水泥土房能看见的用木板和磨砂玻璃隔出的简陋浴室中。老板娘虽然四十出头了，但白皙的皮肤，精致的妆容和少女般的打扮令她看起来比实际年龄年轻许多。她并不回避身边那些干柴烈火、如狼似虎的单身小伙，旁若无人地在供"内人"吃饭的房间里脱下红色和服长衬衣以及围腰布①，一丝不挂地走向浴室。单

---

① 围腰布：日本女性穿和服时的内衣之一，从腰部到脚围在身上的贴身的布。

身汉们贪婪的目光一齐聚焦在她雪白的胴体上，走出房间到走进浴室的几秒钟如同一场走秀，之后，隔着磨砂玻璃可以听到夫妻二人的说话声和嬉水声。

夏秋也在这里吃饭。看到这一幕后他大为吃惊，愤慨无比："真不要脸，都四五十岁的人了，当着这么多男人的面赤身裸体、肆无忌惮，真是不成体统！"尽管嘴上这么说，他却在干活异常繁忙之际故意拖延吃饭时间，准时把握老板夫妇进浴室的时间，一秒钟都不错过地饱览老板娘的裸体——尤其是当老板娘解开衣带、松开腰带，一点点露出雪白的肌肤时，夏秋的呼吸也会顿时变得急促起来。

老板的弟弟和弟媳也住在二楼。弟媳会紧随老板夫妇之后进浴室洗浴——由于老板的弟弟应酬多而回家晚，夫妇鸳鸯浴的情形并不多见，通常是被称为"少奶奶"的弟媳妇独自一人洗浴。无独有偶，她也像嫂子那样把红色和服脱个精光，一丝不挂地叉开双腿站立片刻后再慢慢走进浴室。这位年仅三十岁的少妇有着与嫂子同样光艳照人的美貌和肤如凝脂的肉体，从慢慢脱掉衣服到慢慢走进澡堂的过程中，她那圆润的肩膀、丰腴的胴体和纤长的双腿在厨房灯光的映射下发出淡淡的光辉。夏秋见状叹口气道："老板娘这样也就算了，年轻的也这样真不可思议。"他还咒道："妈的，等着瞧吧。"当然，只是过嘴瘾而已，他除了偷窥，没有丝毫胆量做出其他出格的事情，至多在看到精彩片段时自言自语地嘀咕几句："哼，老子的女人马上就要从东京来了。"

印刷作坊活儿最多之时也是夏秋最忙之际，他把富有文艺范儿的长发缠起，每天瞪着那双近视眼，汗流浃背校对稿件，忙到很晚。活儿一旦干完就立刻回到"监狱"，生怕错过看秀的时机。只要看到少妇的胴体，一天的疲劳就烟消云散。他晚饭通常吃得很快，之后又反复进出厨房喝水，为的是多几次看到裸体。假如此时只他一人，他会把自己这一侧的灯光关掉，让浴室和换衣间的灯光照在少妇胴体上更加醒目，犹如在舞台上表演一般。少妇并不知道那双躲藏在黑暗中的饥饿眼睛，毫无顾忌地解下最后一片遮羞布，做出比平日更为大胆的各种姿势——用夏秋的话说，他都清楚地看到她隐秘花园的内部结构了。事后，夏秋用校对用的红铅笔细致地描绘了女人身体敏感部位的解剖图和性交的剖面图，细细讲给人听，他那亢奋的脸上露出夸张的笑容，连眼珠都是红的。

二

　　这位教尾山武次郎识字并给他讲解性交解剖图的夏秋先生，在印刷作坊干活不到三个月就悄然离开了。不久，一位便衣警察登门告知，夏秋在一天深夜袭击了一名过路的女性，强奸未遂，后因对方同意私了才逃脱了被警方拘捕的厄运。这件事被印刷作坊的工人当成谈资笑料整整戏谑了三个月之久，排字坊平时气氛紧张而压抑，只有谈论这种事的时候工人才会一哄而起，哈哈大笑。在众口一词嘲笑戏弄夏秋之际，只有尾山武次郎一人坚持认为夏秋的悲剧与那间浴室，尤其是少妇的裸体不无关系。

　　因为，玻璃浴室、鸳鸯浴以及少妇裸体等给少年尾山武次郎的心理也落下了阴影——一次上夜班时，他把一个在拆版间做工的笨拙小姑娘哄骗到储物间猥亵了一番。整个过程紧张而慌乱，他根本来不及品尝男女之欢的滋味就草草收兵。这位十七岁少女尽管大脑反应愚钝，但在男女私情方面却毫不逊色，她很快黏上了尾山武次郎，之后，频频为他带来好吃的盒饭，还给他买点心……这件丑事终究没有逃出工人们的眼睛，领班臭骂了尾山武次郎一顿："臭小子，乳臭未干的毛孩子，竟敢玩弄人家姑娘……"。尾山武次郎待不下去了，丑闻令他只能选择离开。这次仍是老套路，到店里毛遂自荐——自称是一名高级的专业排版工。

他去了富山县高冈市的一家印刷作坊。

时年尾山武次郎十九岁。

新老板坚持按货论价，要先看手艺再定工资，这让尾山武次郎忧心忡忡起来——其实，他自己都没有意识到在金泽印刷作坊当学徒的经历让他获益匪浅，他的排版技术日臻成熟，凭手艺吃饭已经没有问题了——这次，尾山武次郎的住宿条件大为改善，新老板为他租了宽敞的住房，房东是一对四十岁左右的夫妇，没有孩子。

这是尾山武次郎有生以来第一次住单间房，一种海阔凭鱼跃的自由感让他兴奋无比——多好啊！世界的大门从此敞开，尾山武次郎开始飞向人生幸福的云端。在富山县高冈市的这段日子他见识大涨，经历了人生中的宝贵阶段。比如，他从宫田和荒川的身上了解了流动手艺人的生财之道，从房东老婆的身上品尝了女人的滋味。

印刷业的发展和真正有手艺的排版工人的紧缺，使得所有印刷厂都出现了"用工荒"。年轻人都幻想着进入轻松赚钱的行业当一名穿西服坐写字楼的白领，没有人愿意静下心跟着师傅学技术。于是，排版工人成为了一个流动的群体，兼职于大大小小的印刷厂，辗转于全国的各印刷企业，是一群不受拘束的自由职业者。在昭和初期已经灭绝的流动手艺人群体，战后居然陆续复活，而且焕发出勃勃生机。

战前年轻人多，战后老年人多。手艺人没有资金也没有能力开店，只能靠手上的活儿吃饭，一招鲜，吃遍天，他们会囿于自己熟悉的行业干到地老天荒。

二十五六岁的荒川是位脸色苍白的年轻人，作为流动手艺人，他是在尾山武次郎到这家印刷作坊入职的一个月后辗转而来的。他带着老婆孩子到处流浪打工，据说东日本一带大部分的印刷企业他都工作过。他技术好，出活儿也快，但要求提前预付工资的条件却让老板们心中不快，因此在每家印刷作坊干的时间都不长。他患有胸痛的毛病，近来越来越严重，为了养家糊口却不得不在尘土飞扬的印刷车间里忙碌——手艺人的悲惨境遇让尾山武次郎的理想开始动摇。

宫田，三十二岁，一个性情稳重的流动手艺人，他那张带着童稚的圆脸常显出悠然自得的神态。遗憾的是他的技术不太好，老板给的工钱不多，老婆和孩子也无法跟随在身边。作为一名靠卖手艺糊口的工匠，手艺不好必定会被人瞧不起。不过，宫田知识渊博，喜欢读书，每天他总会清晨到厂里，在那里看一会儿报纸；午休的半个小时里宫田也会充满激情地对那些蹲在沾满油垢的地上吃饭的工人们大讲政治、哲学、艺术等。一天，他颇为豪放地断言："宗教是一个比任何行业都要赚钱的行业，我们没有创业资金，要想发展就创立一个新的宗教并且成为大师，一定会发大财。"

　　三个月后，宫田离开了那家印刷作坊。本身手艺就不好，老板也没有挽留，其他人倒是议论纷纷："凭他那拙劣的手艺，去哪儿也待不长。"

　　又过了两个月，宫田却摇身一变成了一名禅宗大师出现在尾山武次郎的面前。

　　此时的尾山武次郎已今非昔比——他已经在房东老婆的身上完成了男人的嬗变。

　　房东的老婆四十来岁，她的工匠丈夫每天上班很早，待她服侍丈夫吃完早点并送丈夫出门后，恰好是尾山武次郎起床收拾、准备上班的时刻。一天，尾山武次郎正欲出门之际，那女人拦住他说："我肩膀很痛，你有力气，给我揉一下吧。"女人穿着睡衣盖着被子趴在床上，裸露的丰腴肩膀由尾山武次郎坐在床旁用力揉着，掀开一角的被子散发的一阵阵混合女人体味的幽香撩拨着尾山武次郎的神经。"天好冷耶，你躺下暖暖再走吧？"说罢，她翻身一把掀开被子，一股更加浓郁的女人体香直向尾山武次郎扑来……

　　从此，每天早上工匠前脚刚走，尾山武次郎后脚就钻进了他老婆的被窝，两人在尚留有工匠体温的被窝里颠鸾倒凤，极尽衾枕之乐。

　　尾山武次郎从工匠女人那里学来很多闺房秘术，品尝到了莫可言喻的快感，但他却不能忍受她那暗淡的皮肤、朝天的鼻孔和那张布满褶皱的脸，于是，每当云雨之际，他总是紧闭双眼，在脑海中拼命想象着金泽印刷作坊的那两个女人裸体，不管是老板娘还是弟媳妇都行，总之替换着来。工匠的老婆不知所以，只以为他是害羞，不由感叹道："还真是个没尝过女人的单纯少年啊，好可爱啊。"

　　工匠没有察觉任何蛛丝马迹，每到夜晚夫妻生活照常欢娱。对于尾山武次郎而言，连趴在二楼边缘偷听的兴趣都没有一丝一毫，更别说怀有嫉妒之心了——他安安稳稳地睡上一觉，等待着第二天早上到二楼继续跟工匠的女人鬼混。

鱼水欢情的日子天衣无缝地过着。

一次，工匠承包了偏远地区的一项工程，将连续三天不回家。女人于是让尾山武次郎索性请假休工，在无人打扰的屋子里，两人缠绵悱恻、如痴如醉，热烈、贪婪，不觉满足也不感困乏，她夸赞他技术日渐娴熟，爱慕他那比她丈夫更健康的体魄；她毫不害臊地抓着武次郎的手放在她的身体，给他示范摸哪里搓揉何处自己会有何种反应；她教给他与丈夫常做的体位，甚至和他尝试一些更加变态的技巧；性行为已到了变态和疯狂的地步，以至于几年后尾山武次郎对人说："幸亏那女人长得丑，要真换成个美人儿，我对她产生了感情，怎么舍得把她当成发泄欲火的玩物来肆意蹂躏呢？"

两个色中饿鬼毫无餍足地折腾了两昼夜后，掏空身子的尾山武次郎开始发烧，竟发展成肺炎。印刷作坊上班肯定是去不了了，躺在家里的武次郎由工匠老婆跑来跑去地照顾，她连工匠回来也不回避。丈夫一出门，这女人便肆意妄为，想做什么就做什么。"让我来帮你的身体降温吧！"说着，她赤裸的身体抱住尾山武次郎滚烫的身体，对病榻上的他示范新的快感技巧。武次郎仰面躺在床上，观看女人体液湿润的部位，领略她所展示的各种技巧，掌握其中要领。

然而，让工匠老婆始料未及的是，一天，宫田带着他的宗教前来探望病床上的尾山武次郎了。女人慌忙收拾好了床铺周围，但始终消除不了女人的气味。宫田脱下外套，露出干净但像二手货的棉布和服在床边正襟危坐下来。他开始布道——人世间所有的病痛都是前世作孽的结果，病人并不知其中缘由，只有掌握了神术的使者才能驱赶病魔，病人才会自然痊愈。

当然，宫田的床边演讲如果概括成这样的三言两语，完全不能体现宫田的口才，也是对他的不敬。一般来说，他演讲的套路通常是：渊博的学识＋富有哲理的格言警句＋媒体报道的世态新闻的例子（间或穿插古典故事）＋气定神闲的表情，这样使得他口若悬河的演讲生动有趣，发人深省，并且带有一抹神秘的色彩。

三天后，宫田离开了。

工匠老婆心中怅然不快，千咒万骂宫田耽误了她的好事，打搅了她与尾山武次郎的良辰春梦。武次郎一共躺了十天，而最后的四天是女人任意蹂躏，被迫做出各种体位的四天。"比起宫田那种忽悠人的宗教，这么做才能让你痊愈，只有全身心地享受肉体的娱悦才能让心灵变得纯洁，而纯洁的心灵又能帮助肉体恢复健康。"女人尽管没有说出这样话的水平，但她乱蓬蓬如巫婆般的头发以及低俗淫欲的表情却似乎提醒武次郎："你的病痛并不是前世作孽所致，而是现世没有让肉体娱悦而造成心灵空虚的缘故"，等等。

之后，尾山武次郎流动去了名古屋的一家印刷作坊打工。

在那里，他见识了酒吧中的女人。

在廉价酒吧里召妓通常需要预支嫖资，而尾山武次郎却总是免费，他高超的床上功夫竟然让每个妓女都陶醉于肉体享受之中而忘了自己是在做生意，娴熟的技巧让妓女都不相信他年仅二十二岁。

不言而喻，这套本领归功于工匠老婆的言传身教。

当然，性病也如影随形。尾山武次郎染上性病，到近郊的一家小医院就诊，尿道肿胀只能依靠导尿管排尿。一天，当他弯身导尿时厕所门突然打开了，一个女人探头向里张望。尾山武次郎吓了一跳，询问后得知这位中年妇女是来推销保险的。她朝里探头了两三次后说："这种事你一个人不方便，我来帮你吧？再说你是个病人，别不好意思，也不要想歪了。"女人把尾山武次郎带到自己的房间，动作娴熟地给他处理好了。之后又做了五六回，排尿还是不流畅，这次，女人一手握着尾山武次郎的命根，娇喘着加大了力度，一手把自己的裙子也脱了下来……

一个月后，保险公司的秃头主任怒气冲冲地找上门来——那是他的女人。

女人没有因此而善罢甘休——只要丈夫不在身边就立刻跑到尾山武次郎的房间。于是，公寓的人经常见到一个大声叫骂的秃头男人提着木刀猛敲尾山武次郎房门的情景，周边一片骚乱。

三

尾山武次郎开始辗转于冈山、广岛县尾道市、山口县下松市一带，之后又来到滋贺县大津市。

这年他二十六岁。

尾山武次郎开始体会到了一个流动手艺人的辛苦与无奈——眼看就要步入三十岁了，自己仍是四处漂泊，居无定所——尽管有一手高超的手艺，无论到哪都不愁没饭吃，但他渴望有一个温馨的港湾来停泊随风漂流的小船。无论到哪里，他总是用女人来打发无聊时光，用随身带本书来掩饰自己精神的落寞。

大津印刷作坊的老板为了留住这个人才，不仅把家里的贴身女佣许配给他做老婆，而且还自己出资租了一间新公寓给他们作为住所——这是老板们为留住手艺好的工人而常用的手段。女佣名叫市松野子，黑皮肤、高个子、眼大唇厚、话不多，每天只是默默干活。老板唯恐尾山武次郎看不上市松野子，对他说："市松姑娘懂礼数，性情温和，这是天赐良缘，你们相处一段，如果感觉不错就尽快把事办了吧。"什么叫相处一段时间？这架势简直就是要过一辈子的打算！

尽管市松野子对尾山武次郎唯命是从、恭顺服帖，而且做事一丝不苟，帮助尾山武次郎解决了不少生活难题，但尾山武次郎仍没有正式和她登记，两人只是同居关系，以方便随时分手。

二十七岁的尾山武次郎迎来了人生的一个重要转机。

由于对未来生活前所未有的迷茫，他怀着忐忑的心情来到了京都菩提树社。菩提社是一座擅长用哲学的语言诠释佛教的禅院，将哲学观念与宗教信仰相互融合是其特色，并且规定新入教的信徒必须在社里住宿一个月。尾山武次郎苦心说服了印刷作坊的老板，只身来到了京都菩提社。其间，他让市松野子也出来做工，到装订厂房里做做勤杂之类的事。

一个月后，尾山武次郎如期返回印刷作坊，这次，他带回一大箱菩提树社发的佛教书籍。一个月的禁欲生活，他除了每晚和市松野子短暂的鱼水之欢外，其余时间都沉浸在这些书籍之中——这是尾山武次郎一生中为数不多的一段平稳而单调的时光。

受到菩提社一个月的洗脑以及佛教书籍中深不可测的人生哲理的影响，尾山武次郎的内心也发生了深刻的变化，精神世界也随之变得不安定了。

三个月后的一天，尾山武次郎莫名其妙地失踪了。

一个星期不见踪影——既没上班，也不在家里。老板估计他想抛弃市松野子另寻新欢，于是急忙跑到他的住所察看。市松野子一脸平静地告诉老板："他说想去爬爬山，几天就回。我不知道具体是爬哪儿的山。"尾山武次郎究竟去哪儿了？他没有任何攀登的装备，只是随身带了一些换洗衣物和一点钱，又能去哪儿登山呢？况且现在也不是登山的季节，也没有听说他有登山的爱好。老板满腹狐疑，可并没有要出走的迹象啊……

一周后，尾山武次郎回来了。除了面容憔悴外，一切照旧，对老婆亦是欢爱如初。

但不出数日，他对市松野子提出他要出家，到高野山寺院修行。印刷作坊老板闻讯大惊失色地赶来，尾山武次郎神情淡然地告诉他，他一周前并没有去登山，而是去了高野山的一座寺院，拜见了住持大师，得到了入寺修行的许可。领悟佛家的真谛至少要入僧籍修行五六年，因此，他不得不辞去目前的工作，对此，他深感歉疚。"你要去高野山当和尚？"尾山武次郎无视老板那张惊讶得扭曲的脸，继续说这是他认真思考后的结果："承蒙您长期关照，真是诚惶诚恐，请您尊重我的选择，敬请海涵。"

大津老板别无选择，只能应允。

他认为，像尾山武次郎这种性情浮躁、反复无常的人，肯定受不了寺院单调的生活，待不了几天就会厌倦而回归社会。于是，他叮嘱道："既然下决心出家当和尚，我会成全你的心愿。但别忘了你是男人，你有责任照顾好自己的女人，如果忘了市松野子你就不是个东西。一个月总会有两三天休假的，应该回来看望市松野子。倘若厌倦了僧人生活，随时欢迎你回来。"

这样，二十八岁时，尾山武次郎当上了高野山 A 院的律师①。

"律师"这个僧位大家都听说过吧？在真言宗教派里，只要做过一段时间的小僧就会升为律师，律师的上面还有权少僧都、权中僧都和权大僧都，每个僧位的上面分别是少僧都、中僧都和大僧都；僧都的上面是僧正，权少僧正往上分为五级，最高级别是大僧正。简单来说，二十七岁才入了僧门的尾山武

---

① 律师：日本佛教的僧官职位之一，位于僧纲的第三位，次于僧正、僧都的僧官。

次郎，和十六七岁的普通小僧是同等资历，如果以印刷作坊来比喻，等于又回到给人打小工、当差使的阶段了。

在此，如果详细描述尾山武次郎的坎坷经历，本文将成为一本长篇巨著。对于在小作坊当学徒、有过痛苦磨砺的尾山武次郎来说，在而立之年当个扫地僧，干点打水、劈柴、擦地的杂活儿根本算不了什么，他有充分的思想准备。他没有像大津印刷作坊老板想象的那样——不到一年逃出寺院、返回大津打工，别说假期时回来探望自己的女人市松野子，他连一封信都没给市松野子或者老板写过。

行文至此，对尾山武次郎僧侣生活的描述只能算是前奏或是餐前小菜，他创立律仙教的经过才是本文的重头戏。

尾山定海当上小僧仅三年即提升为权中僧都，背后一定有提携、指导他的人物，这人在他日常生活、为人处世乃至成长的重要阶段都起着莫大的作用——此人就是前辈小竹隆宽。小竹隆宽是权少僧正，从私立大学辍学来到高野山。当尾山武次郎削发成为尾山定海之后，他在其成长的每一个关键阶段都发挥了举足轻重的作用。

尾山定海研习的第一本经法是《理趣经》。《理趣经》是真言宗教平时使用、早晚修行必须诵读的典籍，寺院除了在早晚修行时诵读外，还要在葬仪、法要①等场合诵读。《理趣经》通篇都是古文读法，在做法事的时候必须合着音节唱经般诵读，因此，对于读书不多的尾山定海来说晦涩难懂、相当难学。小竹隆宽拿出一本佛学大辞典，其中关于理趣经法的解说是这样的："以理趣经曼荼罗为本尊，系灭罪、息灾、敬爱等所修之法。关于本尊，或谓五秘密，或谓段段之尊、般若菩萨、初段之大日能说之尊等多种说法。"

"《理趣经》十七段，每段内容如何？"小竹隆宽合上佛学大辞典试探地问尾山定海。答："《理趣经》为早晚修行必须诵读的经文。""妙适清净句是菩萨位，欲箭清净句是菩萨位，触清净句是菩萨位。"尾山定海一直诵读到第三段。"嗯，不错，能用汉字写下来吗？"小竹隆宽问。尾山定海很快默写出来，这是他近几天下了一番苦功夫记住的句子——妙适清净句是菩萨位，欲箭清净句是菩萨位，触清净句是菩萨位，爱缚清净句是菩萨位……每一段文字后面都是"清净句是菩萨位"七个字，只用把开头换成"一切自在主、见、适悦、爱、慢"，嗯，记住诀窍就能默写很多呢。

而且，每段的末尾处都有各种各样的印契，这些印契的发

---

① 法要：佛教的仪式，主要指葬仪、追善供养等。

音都很奇怪，如："fon"、"aha"、"hurihi"、"touran"等。

"嗯，很好。如果用汉字诵读，能理解每段经文的含义吗？"小竹隆宽继续问。尾山定海说，他只是诵读，从来没琢磨过内容，以前教他诵经的师傅也说含义深奥、一言难尽。小竹隆宽说："确实如此，有些东西只可意会、不可言传。"言罢，小竹隆宽垂下眼帘，眉头微锁。尾山定海问："为何如此？"答："因为和性有关。""性？"这句话令尾山定海心起微澜，他问道："此话当真？"他到大津及来到高野山后，语音开始带有关西腔。"我可以告诉你，但天机不可泄露。"小竹隆宽指着一个个的汉字给尾山定海耐心讲解——"清净就是清澄洁净的意思，菩萨是人世间的佛，菩萨位就是佛的觉悟境地，开头的'妙适'是指二根交会之乐，也就是性高潮，只有在男女交欢达到精神恍惚、欲仙欲死时才被称为清净的佛之境地，也就是说，是人类的极致境界。下一句'欲箭清净句是菩萨位'中的'箭'就是'矢'，也就是心为此欲望射中。'触'是男女拥抱之乐，'爱缚'是紧紧抱在一起。"小竹隆宽面无表情地按照顺序把十七段的含义一一阐明，尾山定海却大为惊骇、一片茫然。"爱清净句是说做情爱之事的时候，慢清净句是说露出满足表情的时候，身乐清净句是说身体状态好的时候，香清净句是说香气弥漫的时候。"话语至此，尾山定海惊愕得瞠目结舌，不知所以。

小竹隆宽见状抿嘴一笑："我有什么理由去说谎呢？你可以问主持，也可以去问僧位高的大师，总之，即是如此。""不过，开门见山直面这种问题总令人难以启齿。尽管他们会说'没关系、没关系'，彼此心照不宣，还是不问为宜吧。"小竹隆宽重新打开《佛教大辞典》中关于理趣经法的一页，指着"理趣经法是专为消灭淫乱罪而成"的那条解释说："'为了消灭淫乱罪'是后来人们站在道学角度对它的解释，原本并非是为了消灭淫乱罪，对'淫'这个汉字有误解。密教是平安时期空海大师从唐朝带回来的。空海大师为了研究印度原始佛教，在长安学习了婆罗门教和梵语，把与印度有关的资料带回了日本。幸运的是，婆罗门教和印度的原始民族信仰是紧密相连的，有对生命的歌颂，印度佛教从中国西藏传播到蒙古国，结合了每个地方的民族特色后演变为喇嘛教，空海大师带回来的印度经典中就有大量的关于此类原始宗教的典籍。把生命之始归为男女结合的性爱，把它视为人类智慧难以理解的超自然神秘力量的相结合，这与《古事记》^①里伊奘诺尊^②、伊奘冉尊^③的神话中阐释的是同样的道理。就是说，《理趣经》是真言密教的最高佛典。空海大师多么重视《理趣经》啊，比叡山的最澄和尚经常来借有关密教的资料，而空海大师反过来却向他借《理趣经》，两人因《理趣经》而成为终身挚友。"

上述这些，对于资历尚浅的尾山定海而言完全是云里雾里，一片茫然。

① 《古事记》：日本第一部文学作品，包含了日本古代神话、传说、歌谣、历史故事等。
② 伊奘诺尊：日本神话中开天辟地的神祇，他与妹妹伊奘冉尊被视为第八代的兄妹神祇，并且是日本诸岛、诸神的创造者。
③ 伊奘冉尊：日本神话中的母神，日本诸神是她与其兄伊奘诺尊所生。

四

然而，尽管尾山定海对于小竹隆宽的一番话不知所云，但它们在他内心却如同一道深刻的烙印，无法抹去。之前看苅萱①和石童丸②的传说得知女人是污秽之物而禁止入山，但被戒律森严的高野山视为最高经典的《理趣经》竟然把性行为看作佛教的极致境地，这到底是怎么回事呢？《理趣经》按照古音合着节拍的诵读方式使得它的句子变得十分诡异，内容更加暧昧模糊，不过，自己也未认真地逐字逐句研究啊，更未向大师请教经文的含义。此时，尾山定海恍然大悟：空海大师死后的千百年来，真言密教一直严守这个秘密，僧人们用极其隐晦的话来传教，为的是不让信奉真言密教的人知道其中的真谛。原

---

① 苅萱：日本传说中的人物，筑紫的加藤左卫门繁氏。出家后自称苅萱，隐居高野山。

② 石童丸：苅萱的儿子。

来如此！

"小竹隆宽前辈、小竹隆宽前辈"，接下来的日子尾山定海整天缠着小竹隆宽问个不休，频繁请教各种问题。小竹隆宽是大学文学系出身，尽管中途辍学，但他仍有着学者的超强自学能力和对复杂知识的融会贯通能力，这对于排字工人出身、通过捡字才学会识字的尾山定海而言，是仰之弥高、值得抛家舍业终身追逐的人物。

无论修行还是做杂活，只要小竹隆宽一出现，尾山定海一定尾随其后，凝神谛听小竹隆宽滔滔不绝的讲解。"僧人一起唱声明"①是一种合唱，《理趣经》的中曲在"声明"中排首位，法螺法会期间，十岁到十二岁的小僧一齐咏唱时有些类似基督教的少年唱诗班。教小僧咏唱的音节节奏并领唱是颇有难度的，小僧的声音相当于合唱声部的女声，竟让有些成年僧人性欲涨潮。咏唱时，通常是童僧先唱一段，二十个成年僧人再附和，而且绕着本堂的须弥坛四周行走并在坛的四个角停下。

尾山定海似有所悟，沉吟片刻后点头道："原来如此啊。"

小竹隆宽接着说："在印度，莲花象征着女人的性器官，佛教

---

① 声明：在日本，指做法会时僧人赞唱佛的声乐。除使用梵文拟音或汉语外，有时也用和赞等日文偈语等。

里把它称之为莲花台，佛祖坐在莲花上，就是坐在女人性器上，暗喻着男女交合时的欢娱，换言之，所谓极乐成佛的意思就是指的这种境界。如果追溯真言密教的源头，就必须研究喇嘛教。喇嘛教的欢喜佛是密教的本尊神，在日本欢喜佛就是观音和爱染明王，平安时期观音信仰在贵族阶层流行开来并且与颓废文化相结合。同时，印度的弁财天信仰也开始兴起，裸身弹琵琶的江之岛弁财天和做酒水生意人所信奉的生驹的圣天都与性、生育有关，生育渐渐变为赚钱和现实利益。弁财天身边有一个使者名曰巳，巳是一条蛇，而蛇代表男性的生殖器。说到此，想必你已经明白阴阳结合和交配的含义了吧？"小竹隆宽又说，"凡是有圣天和弁天的寺院都是受到了立川流①的影响。"

尾山定海马上问道："立川流是什么？""你居然不知道立川流？"小竹隆宽一脸惊讶。"是按摩揉搓治疗吗？"尾山定海又问。"笨蛋，胡说八道！你打开《佛教大辞典》仔细瞧瞧！"。尾山定海诚惶诚恐地从小竹隆宽那里捧来《佛教大辞典》，找到了关于立川流的释条。

《沙石集》第八卷里评论了它的释义："近代真言教派作为

① 立川流：从日本真言密教派生出的宗教流派，创始人是平安末期的仁宽，集大成者为弘真。认为男女性交为即身成佛的秘诀。庆长后被视为邪教，逐渐消灭。

成就之法被很多法门传播，提到了很多诸法实相、一切佛法的词和烦恼即菩提、生死即涅槃的句子，不知道机法的关系以及修行的脱胎换骨，男女即两部，理智冥合，不净之行即密教秘事修行，邪见邪念，蒙受诸天之罪，立河圣教目录为它的邪义进行了辩解，问曰：邪和正分别为什么？答曰：师言，不谈论邪流是法甚深的由来，赤白二渧被称为二部，这二渧冥合的生身所有的做法皆法性。这极其邪见，正流的意思是指比起诸法色心本，更可以说是阿字不生六大四曼的体型。不领悟万法本来不生的奥义，但是明白世间的事法起了贪等之心，虽然邪见不等同于贪，不生的贪，觉起，此正见。男女交合，把赤白二渧称为二部，起了邪见。也因此很多人起了邪见，真的很可怕。在金刚王院流二水和合成了一元塔，改变"一"字，变成了齐运三业。根据此义成为秘密是大邪见。诸法皆六大四曼三密的法体，离开法性便不是法。意味深长地谈论赤白二渧，成为人起了邪见，说成了大的误解，因此要看破邪的趣旨……"

上述阐述让人如坠五里雾中，完全不懂什么意思。一言以蔽之，即：立川流把《理趣经》中有关"性"的部分拿来当作教宗，因而被视为邪教。关于赤白二渧、二水和合的文字甚是露骨。尾山定海向小竹隆宽请教，得到的回答是："确实如上所述，讲的是立川流被当作邪教从高野山的真言密教中驱逐出去的原因，以及立川流被驱逐后依然在高野山内部传播的情形。"有一种说法，立川流这个名字源于镰仓时代，武州立川的阴阳师仁宽为流派创始人；另一说法是，仁宽是获罪从京城流放到伊豆大仁的贵族。立川的阴阳师们接触到了仁宽，马上脱胎换骨接受了对他们有利的说法。后醍醐天皇[1]身边的护持僧文观[2]把这两种说法汇集成书，把男女当作金刚、胎藏两部的大日如来，成为了通过男女交合即身成佛的教法，被称为烦恼即菩提的核心教义。"

"据说正统的高野山教派排斥立川流，将它视为邪教和祸害而欲斩尽杀绝。尽管如此，但《理趣经》的经文内容却讳莫如深，别说其他教派，就连真言宗教派内部也不知所云。《理趣经曼荼罗》是根据《理趣经》的十七段内容精选的，原本珍藏在高野山宝寺院，因此隐藏在立川流教义中的内容尽管现在还完整保存着，但终究不能展现。"小竹隆宽如是说。

---

[1]　后醍醐天皇：为日本镰仓时代后期、南北朝时代初期第 96 代天皇。

[2]　文观：天台宗的学僧，通称小野僧正。出身不详，精通四律五论和被视为邪法的密教立川流。接受后醍醐天皇的皈依，任醍醐寺座主、四天王寺别当。元弘之乱中，因受命行诅咒幕府之法被幕府流放硫磺岛。幕府灭亡后回京，还补本寺，并于建武二年任东寺一长者、大僧正。

"由于空海大师带回的资料是被唐氏密教化之前的东西，里面含有原始的要素，婆罗门教的色彩比较浓厚。释迦圆寂后，他的弟子们关闭寺院逐渐演变成教条主义，把释迦的教义传播到民间的是维摩居士①，他嘲笑教条主义者是小乘佛教②，把自己称为大乘佛教。但是，为了发展大乘佛教，必须借鉴广受民众信仰的印度教，之后还吸取了带有当地风俗的官能主义③。由于官能主义是现实肯定，和释迦的虚无现实否定正好相反。虽然与释迦的精神有所不同，但这个新解说是被民众所接受的。也就是说，官能主义是肯定爱欲的，由此产生密教的即身成佛。"

　　"空海从大唐带来的印度佛教思想中有关于爱欲肯定的思考，之后把离京城较近的东寺作为根据地。他过度重视官能主义的刺激，因此隐退到高野山，在山中建立了道场。所以，像立川流那样的教派自然就会出现了。"

---

① 维摩居士：维摩诘，早期佛教著名居士、在家菩萨，梵文 Vimalakīrti，音译：维摩罗诘、毗摩罗诘、略称维摩或维摩诘；意译为净名、无垢尘，意思是以洁净、没有污染而著称的人。

② 小乘佛教：偏重自己开悟的佛教。原是大乘佛教教徒从利他主义的立场出发对以前的传统佛教的贬称。

③ 官能主义：一种早期的心理学思想。官能主义者认为，人的行为由器官的功能或能力主导，人的欲求即身体器官的欲求，心理上的满足与器官功能或能力是否得以充分实现息息相关。

小竹隆宽一番话，让尾山定海醍醐灌顶，他对高野山的看法以及读教典的虔诚心态也随之发生改变，应该说是大相径庭——"原来如此，这样，我就能理解推翻释迦教义的印度教徒的心情了。压制人本性的教义原本就是违背自然规律的，即便释迦这样的伟人也会有性欲的烦恼，也会在修行中对性的渴求束手无策，何况凡夫俗子呢？强迫并非伟人的千万凡夫俗子遵循同样的清规戒律是不合理的，比起释迦的教义，承认性的现实性，把性的神秘感同人的幸福相联结的印度原始宗教以及立川流的思想才是符合自然规律而且具有人性光辉的东西。"

　　"真言密教里有很多让人们思考男女行为的内容。"小竹隆宽说，"弘法大师手里拿的五股杵是真言教的法具，中部细，两端成轮的形状，手柄的中间稍微鼓了出来，轮是人的脸，手柄是躯干和脚，鼓出的部分是这两部分结合而成的，用来表现男女合为一体。"说话间，尾山定海身边正好有实物，于是拿在手里仔细端详，脸上露出钦佩的神色说道："看来真是如此啊。"

　　"此外，你读经后结印，发现不同的经文有不同的结印，但是每个结印的手指动作都是在模仿交合，因此僧人做结印都是藏在衣服下面避免被别人看到。你看，结印就是这样的。"小竹隆宽用手指做出各种各样的结印给尾山定海看，尾山定海顿时觉得结印污秽。

不久，尾山定海注意到寺院的标志"卐"。

"卐"字一般读作"万"。尾山定海向寺院前辈请教时得到的回答是："它不是文字，而是一个吉祥的符号，还可以表示佛祖的卷发。"尾山定海在仔细端详"卐"字符时，脑中突然灵光一闪——"这不正是男女性交合的姿势吗？把它拆开来看就是和，即人睡觉的姿势。其中任何一个都可以看作是男的或女的，这两部分重合就成了"卐"，象征男女交合。"

小竹隆宽眯起双眼，静静听了尾山定海的叙述。"嗯，这种符号的细节之处你都注意到了啊，有眼力！确如你所说，把它解释为释迦的卷发实属迫不得已。其实这个符号就是表现男女交合的情景，你的观察能力真不错嘛！"小竹隆宽微笑着颔首赞许。

从此之后，尾山定海本着以男女性交为真言密教之最高教义的宗旨去研究其经典、法具和法式，并以此观念看待世间的一切。

尾山定海沉浸在佛教经典中，头悬梁、锥刺股地发奋苦读了一年多，其间，他没有给在大津的妻子市松野子写过一封信。

五.

尾山定海三十一岁创立了律仙教。

创立律仙教自然是在高野山寺院修行的结果和受到隐藏于真言密教中的原始宗教的影响。立川流一开始就被真言密教当作邪教排斥在外，这个名字未免有点低俗，因此把"立川"按照日文字母音读方式换成其他的汉字。日本很多地名就是按照这种方法炮制的。

创立教派并不是尾山定海一己之力，而是有人鼎力相助。

为了给前来参拜的人讲解，高野山的宿坊都安排僧人在那里。尾山定海也参与了讲解工作。"金刚峰寺的伽蓝、金堂、根本大塔、不动堂。不动是男性，观音是女性，身背火焰的爱染明王从外表来看像不动明王，但实际并不是，这象征了两性的爱欲，弘法大师从大唐掷的三钴杵穿山越海，最后落到了高野山，于是大师就把此处作为真言的道场，仔细看三钴杵的形状，是不是像男女交合的样子呢。"尾山定海娓娓道来，前来参拜的香客面面相觑，一笑了之。在一百二十个寺院里，大约有五十个寺院内有宿坊，但是像这样宿坊内安排了讲解僧人的寺院仅此一处。从苅萱堂出来过了一之桥就是石板铺成的参道，道路两旁是排列整齐的古杉，在苍郁的杉树之间依次安置着多田满仲墓、武田信玄与胜赖墓、伊达家、岛津家、石田三成、市川团十郎、德川秀忠夫、浅野内匠头、木食上人以及年代更久远的五轮的墓地，再往里面就是开基弘法大师的庙塔。参拜的香客们在这里依次触碰南无大师遍照金刚和数珠，"大师在这座塔下睁眼睡觉呢。"尾山定海说道。这些善男善女都会不解地问道："大师睁眼看世上迷茫之人诚惶诚恐合掌膜拜，如果大师他还活在人世，为什么不去极乐世界而感到高兴呢？恕我冒昧提出此荒唐的问题。"尾山定海解释道："真言密教是现实肯定，大师一直存在于那个世界，也因此产生了这样的传说，相传一休禅师从前来过这里，和墓下的大师进行过对话。"信徒们于是又问："哈哈，就是说大师的遗骸变成了木乃伊了？""是的，就是如此。"尾山定海竟夸赞问题问得好，回答说："要想彻底了解真言密教一定要研究蒙古国的喇嘛教，喇嘛教的教主知道了自己大限已到就开始绝食，每天喝下一点水银，让身体变得硬邦邦的，接下来就变成了僵硬的木乃伊。"

信徒们有人接着问："为什么大师也变成木乃伊？"尾山定海又把现实肯定的教义重复了一遍，解释现实肯定和爱欲肯定有关联，男女交合的神秘与佛之境地，也就是人类的幸福有关。

尾山定海并非戏言，而是以严肃认真的态度在回答香客们的问题。见面伊始，香客们觉得尾山定海不过一名风趣幽默的和尚罢了，一番问话下来后开始对他有了新的评价，认为他是饱学之士，特别是一些随团旅游观光的女人对尾山定海更是崇拜不已。

之后，为创立律仙教而献身的正是这些女人——如岐阜地方的真言宗妇女教徒川崎富子、石野贞子、西尾澄子、服部达子、早川信子和三谷弘子等人，成为了新教派的创始人。

一天，尾山定海从高野山下来回到了大津。

四年期间他只回去过两次。

他以为市松野子早就逃离了印刷作坊另嫁他人了，谁曾料想一切依然故我——她居然仍在那里做单调乏味的装订工作，而且每天要辛勤劳作到很晚。尾山定海见到印刷作坊的老板，鞠躬施礼拜托道："贫僧请您继续照顾市松野子一段时日。"老板问："这是怎么回事？你是铁了心要在高野山当一辈子僧人吗？"尾山定海答道："不，我要从真言宗脱离出来自成一派。"

老板又问："律仙教是什么教派？"尾山定海笑而不答："我还没有把教义具体化呢。"

川崎富子等六人是到高野山参拜的香客中的一行人，她们很欣赏尾山定海独特的解说，也很佩服尾山定海渊博的佛学知识，于是她们商量决定捐资帮助尾山定海建造一座新的寺院。教义的讹传已经偏离其本意，现在高野山的寺院已经严重歪曲了弘法大师的教义且按照错误的解释去传教，尽管尾山定海指出了它的错误，但高野山寺院为了维护上百年来的权威，不仅不承认自己的错误，而且要对尾山定海施以严厉的惩罚。于是，川崎富子等人一致决定帮助尾山定海远离一切拘束，创立新的教派。

日本宪法保护人民宗教信仰自由。

但是，建立一座新寺院谈何容易？首要的问题是资金严重不足，因此，在教徒未达到一定规模之前，姑且先建一座简单的传教所为好。六个女人经过商议，凑钱在岐阜市郊以便宜的价格买下了一幢房子。这幢房子是新建的，两层共二十五坪。六个女人作为创始人共同出资付了首付，然后以每月付月供的方式买下。

川崎富子等六位女人中，年龄最小的三十岁，最大的五十岁，她们都已结婚成家，大部分人的丈夫是中小企业主。她们到高野山参拜不仅是为了死后成佛升天，还为了祈祷丈夫的生意兴隆昌盛。尾山定海说的爱欲即成佛的说法援引了圣天和弁天的例子，深深吸引了她们。事实上，她们丈夫的生意并没有因为到高野山参拜了几年而有所好转，她们内心充满焦虑的同时也不免产生疑问。

为了安抚像她们这样的教徒，尾山定海浏览了诸如《理趣经》和立川流等教派的教义，阅读了很多佛家书籍。其中，有一篇文章引起了他的关注。

"近来，此经文被命名为内之三部经而流传，此经文原本由东寺的长者、天台的座王传出，最近传遍世间——无论京城抑或乡村，人人皆知。经文中写道，僧人打破不因戒律与女人交合是真言一宗的核心教义，是即身成佛的最高境界。倘若厌恶女人的身体，不与她们交合了，那就与成佛之路背道而驰，越来越远。吃肉是诸佛菩萨的秘密，佛祖普济众生最简单的方法就是像玄底那样。倘若从心里厌恶肉食，则出了生死之门就会迷失方向。因此，不应该厌恶净不净，不应该抵触和女人交合，不应该拒绝肉食。把一切法皆当作清净的变则即身成佛。此外，践行经文中教导之法本尊便会现身，把三生三世之事明明白白地讲给修行者，给予福德，赐予官爵。因此，此法的修行者就有如获得神力，同样也获得才智，福德自在。能让天空的鸟儿落下，让滚滚的河水倒流，让死去的人重新复活，让贫穷人变成富翁，这些都是因为此法显灵了……"

"确实如此。"尾山定海双手合十，表示赞同。在本尊面前现身，把三生三世之事明明白白地讲给修行者，通过修行者给予福德，赐予官爵。福德是金钱，官爵是荣达。

一个月后，尾山定海与川崎富子等六位女性支持者会面，商议到山里修行之事。

释迦牟尼有四大弟子，耶稣有以彼得为首的十二信徒，而尾山定海则有六位女人作为左膀右臂，她们全力以赴致力于创立教派，既是新教派的组织者，也是宣传新教义方面的中流砥柱。

既然要否定既存的宗教而创立新教，现有的修行道场如吉野、立山、汤殿山等已经不能再用了，新教的创始人必须有自己专属的道场。

尾山定海只说要到人迹罕至的木曾山修行，但并未明示具体方位——实际上他在中央线的三留野车站叫了出租车直奔温泉浴场，在那里，他找了一个富有乡土风情的小旅馆住下了。

当今的日本，远离尘世喧嚣的深山幽谷早已不复存在，发达的交通使得名川大山、风景名胜便捷可至，举家旅游的老幼和搭肩携手的情侣摩肩接踵、纷至沓来，景色安谧宜人之地已成可遇不可求之事。况且，现在也不是一千多年前的役小角①时代，尾山定海乘坐科技文明的结晶——快速列车和出租车出行是理所当然、无可厚非的，而如苦行僧般徒步行走，最后走到腿脚酸痛则是愚蠢可笑之举。

令人奇怪的是，接下来，尾山定海并没有从温泉浴场出发前往木曾山，而是像等待什么人似的，整天穿着旅店的睡衣静静地待在房间。

两天之后，川崎富子出现了。

她只身一人来到这个位于深山的温泉浴场与尾山定海相会。川崎富子是尾山定海做讲解僧人的时候就开始关注他的，也是为尾山定海建造新寺院的发起者之一，今年四十二岁，丈夫做土建工程承包，育有一个孩子已经成年。

---

① 役小角：安倍晴明的师父贺茂忠行的祖先，全名叫贺茂役君小角。身处飞鸟时代和奈良时代之间，是当时的咒术家，通称役行者，也是修验道的开山鼻祖。

六

川崎富子在温泉浴场旅馆住了两天后离开了，随后，石野贞子接踵而至。她与川崎富子一样，只身一人来到这里。她今年三十八岁，丈夫开了一家制作糕点的商铺，没有孩子，她也十分佩服尾山定海的解说，还是建造新寺院的发起者之一。

川崎富子和石野贞子一前一后，相继来到这家旅馆，但她们之间并不知道对方要来这里。尾山定海是分别通知，分别约定时间的。

尾山定海之所以分头秘密通知，理由是新宗教派的创立并非易事，成为修行者也必须经过苦行。经历前所未有的修行伴随着生命危险，而修行一旦真正达到神的境界就会受到佛祖的庇护，进入极乐世界。因此，在达到这种境界之前绝对不能向旁人提及，只能单独一人前往修行地。尾山定海严肃地告诫说："倘若带旁人一起来或是泄露给其他人，就会受到佛祖的严惩，降临灭顶之灾。"

　　为创立新教派而奉献自己是一件神圣的事，何况帮助比自己小的男人，更是激发了女人的母爱天性。关于尾山定海为什么把这件事当作秘密不让她们告诉任何人，有学者给出解释是出于女人的独占心理，进一步分析是，消息倘若泄露出去，尾山定海和女人将受到佛祖严厉的惩罚——这样，演变成为两人之间的隐秘之情和连带意识。正如尾山定海所料，川崎富子被自己那充满激昂的神情和带有神秘色彩的说辞所诓骗，然后心甘情愿地任其摆布。三十一岁的尾山定海已经步入壮年，这位在少年时代就已经深谙男女之道的床上高手，懂得与比自己年长的女人肉体交合的真髓。川崎富子在他那里的两晚几乎没有睡觉，两人如色中饿鬼，一任颠鸾倒凤，享受着身心娱悦的肆虐，灵魂好似飘飞天际，快乐何异登仙？

　　然而，即便在极尽衾枕欢娱之时，甚至到了直冲霄汉的高潮之际，尾山定海也绝不会对川崎富子说一句情话。假若一旦陷于男女私情，双方因肉体的交合产生了感情，两人就会发生世俗的爱情纠葛，就会带来无穷尽的麻烦——既不能成为修行者也不能成为大师。尾山定海只要女人的身体，而女人的嫉妒是因人而起的，对神却不会。

川崎富子离开旅店的时候，尾山定海严肃认真地说："人的烦恼已从身体离去，不久之后你还要上山。"按理说，这与从"妙适清净句是菩萨位"中得到启示的"爱欲即成佛"的教义存在一定的矛盾，但是在"尾山定海即圣人"这种先入之见支配下的川崎富子，此时什么都抛在九霄云外了，她没觉得尾山定海有丝毫可疑之处。

接踵而至的石野贞子也同样住了两晚，同样两宿不眠，同样和尾山定海淹没在欲海，缠绵交合，欲仙欲死，仿佛两只蝴蝶翩翩飞舞沉醉于花丛。石野贞子离开旅店前，尾山定海同样告诫了川崎富子离开前的那番话。三十八岁的石野贞子比川崎富子小四岁，离开尾山定海时她内心的兴奋还未平复，面带红晕依依不舍地离开了那家小旅馆。

尾山定海却从未迈出旅馆半步。

接下来，服部达子、早川信子、三谷弘子、西尾澄子相继而来。她们都认为自己是唯一和尾山定海发生肉体关系的人，没有任何抵触，欣然投入了尾山定海的怀抱——尽管宽衣解带时有些羞羞答答。

尾山定海一边醉心地爱抚着洁白而富有弹性的女人身体，一边诵读着"爱缚清净句是菩萨位"。略带鼻音咏唱在寺院里学来的调子煞是好听、动人心弦——僧人诵经原本就有催眠效果，此时却令人情欲如炽，沉醉于性爱之中。

无论已婚或是未婚的女信徒们从未有过任何怀疑，她们全部成了尾山定海的床上玩物、泄欲工具，而尾山定海则是一律过手，一个不漏。此时，在其身上已经呈现萨满教道士的征兆。当萨满教以绝对的形式出现时，发生的一切都被当作必然的、不可避免的。这种超出人的理性，被理解为绝对的东西的背后，隐藏着一种带有强制性的盲目服从的真实。

当那些崇拜他、服从他、心甘情愿为他献出肉体的女人离开后，尾山定海决定暂时休息一会儿——他离开旅馆在木曾谷的树林中漫步，在长满扁柏、杉树的树林里游荡，他在思考如何宣传教义，扩大女信徒的群体。从岐阜来的川崎富子等六位女人是忠实的信徒和组织者，她们将分别去不同的地方，在她们的感召下女信徒的群体将呈几何般地增长。

没有女人同床共衾，尾山定海夜晚无法入眠。在高野山的四年间，晚间寂守不过时他会偷偷摸摸在极乐桥附近或是桥本一带召妓，但因为始终是暗中行事，太辛苦且不自由。此次，四年禁欲生活积抑的欲望像火山一样爆发，在与六个女人的依次"修行"中痛快地宣泄出来，这种荒淫无度的生活就是修行的真谛——尾山定海的内心勾勒出一幅妙不可言的前景图画。

尾山定海决定把《理趣经》当作自己新创教派的根本教义，毕竟《理趣经》是真宗密教的最高经典，不会遭到非议，再说，也有其他教派采用《理趣经》的。

采用爱染明王的佛像作为新教派的佛像也未尝不可，但过于严肃不适合年轻女性。重要的是，不管建造佛像还是购买佛像，费用都很高，还是用弁财天的佛像好了。弁财天作为男女佛两部冥合的秘尊，也是两部合一的秘佛。符号本想以"卐"为基础稍稍改变一下即可，但后来经过思索总觉得有些诡异，何况现在的年轻人是否会把那个符号误当德国纳粹党徽也未可知。

十二天后，尾山定海离开木曾温泉旅馆回到了岐阜。川崎富子等六位女信徒隆重迎接他，陪同他来到新建的传教所。由于六位组织者的辛苦筹备，传教所已经初具规模，日常用品都已备齐，新铺的榻榻米散发着蔺草的清香。

尾山定海生平第一次有了属于自己的住所。

而且，六位女人此时的心情也完全不同以前——以前她们的身份是赞助商，现在她们则是信徒。她们之间既互不知晓在木曾温泉旅馆发生的事，也互相隐瞒了她们与尾山定海的隐情，她们的目光像射向靶子似的偷偷聚焦到尾山定海身上。

尾山定海再次蓄起小胡子，看起来像个真巫师。

这座二十五坪的住宅是律仙教的神圣发源地。尾山定海把楼下宽敞的客厅当作灵场。

"大师，本尊怎么做？"川崎富子问。"因为那是我所求的。"尾山定海答道，"成为大师后，用关西方言说话会显得不庄重，与大师的身份也不协调，因此必须改变。""那经文呢？""因为是密教，就用《理趣经》吧。"

观音和弁天的木雕像在任何一家古玩店或销售佛事用品的商店都能卖到，但因信徒们对附近的商店太熟悉，尾山定海决定亲自到京都去买。

途中，尾山定海顺道去了大津。

踏上久违的土地，尾山定海当然要去他曾经工作过的印刷作坊。当他偷窥到市松野子和几位年轻女工的忙碌身影，看到市松野子吃力地装订着一摞摞印刷完的纸张的熟悉动作时，尾山定海竟然热泪盈眶——市松野子不正是自己心中的观音菩萨吗？然而，他转念又想，自己遁入空门，剃度为僧，那些浅薄的儿女情长的伤感藐不足数，切不可再沉溺其中。

老板从里面出来，看着尾山定海布满胡须的脸，满腹狐疑地问："你成了大师了？不是专程回来领走市松野子的吧？"。"再过一段时间吧？承蒙您关照，让她再在这里多待一段时间。"

尾山定海露出大阪口音的马脚。老板又问:"一段时间具体是多久呀?"尾山定海歪着脑袋嘟囔着:"大约半年吧?"老板勃然大怒:"像市松野子这样兢兢业业工作的员工,她要待多久我都愿意。你去高野山已经四年,现在竟然提出还要延长半年,你想过她的孤寂和无奈吗?俗世因缘岂能如此薄幸?出家为僧,乐善助人,但把老婆扔下,让她过着以泪洗面的生活是件耻辱的事。"

尾山定海向老板信誓旦旦保证,半年后他就会有一定规模的信徒,届时,一定把市松野子接去共同生活——当然,他没有透露自己已有住房,否则就前功尽弃了。

说话间,隔壁房的机器嘈杂声不断传来,尾山定海看到一位曾经一起做过工的手艺人,他和多年前一样身着满是油渍的工装,只是满脸憔悴、苍老许多。尾山定海不禁设想:如果当年没有离开,现在势必就是他这个样子。四年的奋斗让他发生了巨大变化,而眼前的这位工人却年复一年满足于稳定的小日子而毫无建树。正因为不想像他那样浑浑噩噩,才思前想后走上出家为僧这条路——眼下,就像驶入雾气弥漫的高速公路一样,虽然看不清前景,但也欲罢不能了。

老板让市松野子提前下班和尾山定海一起回家,对于尾山定海来说，市松野子的住所更有家的味道，比起他的传教所，这种氛围更会让他心情放松。

尽管如此，尾山定海决心已定，绝不与世俗妥协，在创立新教派的道路上无论多么崎岖艰难，也要拿出魔鬼般的勇气坚定走下去。

七

一年后。

律仙教在岐阜地区已有了很大的发展。川崎富子、石野贞子、西尾澄子、服部达子、早川信子、三谷弘子几位创始人在竭尽全力协助尾山定海发展教徒。不！"协助"一词已不足以表达其行动准则，准确地说她们是教派的主人，为了召集其信徒而四处奔走。

眼下，尾山定海已是神灵一般的存在，他会尽量不暴露真身，不在众信徒中露面——"侍婢千人，少有见者，唯有男子一人给饮食，传辞语。居处宫室、楼观城栅，皆持兵守卫。"这句出自《三国志·东夷列传》里对卑弥呼①的描写，对于尾

---

① 卑弥呼：日本弥生时代邪马台国的女王，在《三国志·魏书·东夷传》中有关于她的记载。关于她的真实身份一直众说纷纭，是个极具神秘色彩的古代女性统治者。

山定海也是适合的。

女巫在凡夫俗子面前不露真面目而藏在厚厚的帷幕后，只让他们闻其声而不见其人。即使没有侍女千人，也会有至少数十个人侍奉她左右，而这些人中只有一人能够成为心腹靠近她。上面写道："唯有男子一人给饮食，出入其居室。"成为女王以后，鲜有人能见到她。女王指的是巫女，在古代或蛮荒之地，女王是从做巫女开始的，接下来学习巫术礼仪，逐渐转变为奉献牺牲①等祭司的职能。

人与神之间没有明显的界限，神按照人的样子化成肉身——这种信仰与其说给社会民众阶层带来福音，不如说给王族带来好处。小巫女们慑服和贴近于伟大的无所不能的神，成为人民的先知。

伟大的神和巫女之间能够互换灵魂、自由发生肉体关系，而在巫女之间并不会产生人类的情感纷争，比如互相嫉妒、情感独占等。修行一旦达到这种境界，石野贞子和西尾澄子等人即便知道川崎富子与尾山定海发生了肉体关系也不会产生任何的情感波动，当然，川崎富子也不会对服部达子、早川信子和三谷弘子产生嫉妒之心。

---

① 牺牲：祭神时上供的活物。

律仙教的宗旨源于真宗密教的本质。平安时期以来，密教和当时的政治制度互相妥协，夹杂了各种因素——佛灯用一些神圣的道具装饰起来，按照仪轨①变得仪式化。如今，尾山定海提出其本质已经丧失，"阴阳之理是万古不变的真理"，应该回归密教的原始性以及纯粹性。"立川流被当作邪教而遭到排斥是当时宗教屈服于政治制度的博弈结果，正因为如此，在高野山庙塔下的空海大师能够睁着双眼而泪流满面。"尾山定海解释道。

尾山定海当上教主后，祛除了疾病，获得了神秘力量，生活质量大幅提升。他始终把财运亨通、生意兴隆当作传教的重点——尽管宗教的出发点是现实利益，且前来听传教的全是女性。

令人不可思议的是，她们信教后丈夫的生意居然日益兴隆起来。或许真正原因是恰好赶上经济高速增长时期，但拜律仙教所赐，生意一点点变好总归是好事。

以男女性交为其教派基本宗旨的律仙教，似乎与高尚的宗教信仰关联不大，倒有些像鄙俗的、街谈巷议的色情话题。

---

① 仪轨：原指密部本经所说诸佛、菩萨、天部等，于秘密坛场之密印、供养、三昧耶、曼荼罗、念诵等一切仪式轨则，后转为记述仪式轨则之经典的通称。

在伊奘诺尊和伊奘冉尊的神话中，两位神灵杵下天沼矛不停地搅动海水，然后，提起长矛，从矛尖上滴下的海盐便堆积成一座海岛。伊奘诺尊身上多出的一处就是男根，伊奘冉尊的身子凹下的一处即是女阴，用伊奘诺尊凸出之处插进并填塞伊奘冉尊的凹下之处，交合后生下孩子。——《古事记》中的记载很简单，学者们于是做了如上诠释。

没有人会把《古事记》当作下流粗鄙的文章，神话就是神话，没人那么在意。对此责难的是神道优先的观念作怪，人性亘古不变，歪曲、反对自然真理会反作用于自己，人类得的病就会越来越多。

这就是尾山定海做的解释。

"大声诵读《理趣经》，生病、生意不好是因为夫妻交合不足。"信徒说："虽说如此，但我丈夫不听。"尾山定海训斥道："那是因为你不够虔诚。"信徒说："生意一直没有好转。"尾山定海训斥道："那是因为你的信仰不坚定，努力不够。"随后就给她们讲解"妙适清净句是菩萨位"和《理趣经》的十七清净句的教义。

尾山定海对女信徒们说："密宗有一种祭祀鲜为人知，即：将男女性交时的体液涂抹在骷髅上以让本尊来招魂。男女交合得到的体液就是'和合水'，将这种'和合水'在骷髅上反复涂抹一百二十次之后，再覆盖三层金银箔并在上面绘制曼荼罗，然后再次按压金银箔。当这些极其烦琐而细致的工艺完成后，就将这件骷髅放在一个人迹罕至的偏僻之处，摆上珍馐佳肴，只让修行者和女人靠近。而且，靠近者不得停止读经和手的动作，但心情如同正月初一至初三那样无忧无虑。之后把它放置在坛上，摆上山珍海味、鱼鸟、兔鹿的生肉，点上返魂香，举行祭祀仪式，一直到丑寅之时。像这样的供养举办七年，到了第八年骷髅的本尊将给予修行者以成就。"

尾山定海继续说："所谓成就，实际就是神力，通常分为三段。上品成就即本尊直接告诉修行者三世之事并使他获得神通力，中品成就即通过修行者的梦境告知他各种事并赋予神力，下品成就不是通过梦境告知本人，而是帮修行者实现他在世间的愿望，获得利益。"

女弟子们听了尾山定海的这一番话后目瞪口呆，惊讶不已："真的有这种事吗？"尾山定海含笑颔首道："信则有之，不信则无。古代的事不宜用现在的标准去评判。首先，你必须有骷髅，至于'和合水'，只要用心是要多少有多少的。"

尾山定海继续说："我想，这个传说应该是个隐喻，把涂骷髅喻作眼睛看不到的目的物，用'和合水'反复涂抹一百二十次旨在鼓励夫妻之间一定要多行交合之事。骷髅在这里也可以认为是你丈夫，你把丈夫想象成骷髅。"

因此，根据这个教义，尾山定海认为女性教徒必须是有丈夫的已婚妇女，寡妇和未婚的女人是做不了教徒的，因为教导没有丈夫的女人交合之道这件事本身就是淫邪的，既违背佛陀的意志也违背空海大师的本意。

出人意料，原始宗教的伦理也是如此健全，包含有与世道人心一致的东西。

倘若如此，身为人妻的川崎富子、石野贞子等六人轮流和尾山定海发生性关系又如何解释呢？按照尾山定海的说法，这种行为是被允许的——尾山定海是大仙，是巫术师，不是世俗的凡人，而川崎富子她们六人亦不是世俗的人，是佛的使徒，是修行者的媒介，因此他和她们发生肉体关系实际上是交换灵魂。由于她们不是世俗的人妻，不应当受到世俗的不忠贞的指责。但是，如果她们和除尾山定海这样的巫术师以外的男人交合则是不忠贞的。

尾山定海做了如上的解释，才让川崎富子她们安下心来。

此时，尾山定海已经把市松野子从印刷作坊接过来一起生活了。他在家里新隔出了一间六张榻榻米大小的房间作为她的单独卧室。一直生活在社会底层的市松野子并没有因为生活环境有所改善而心动，也没有因为自己丈夫被尊称为大师、自己被尊称为夫人而兴高采烈，反而感到无所适从，不知如何适应新的环境。比如，尾山定海喋喋不休地告诫她："我和之前的我已经是完全不同的两个人了，我现在是佛的使徒，无论我做什么事，都是受到佛的指示，是为了弘扬律仙教，普济众生。只有当律仙教发展壮大，财源才会滚滚而来，你也能不用干活而过得轻松一些。我们之间不能像普通夫妻那样思考问题，今后，无论你看见我做什么都要当作没看见，我和川崎、石野、西尾她们在别的房间单独谈话是为了商量有关壮大律仙教的事宜，你绝不能因此产生任何的嫉妒心理，明白了吗？之所以被称为密教，就要秘密行事，有关宗教的事情被无关的人知道会很麻烦。你听好了，千万不能多管闲事，问这问那的。"

事实上，尾山定海根本用不着费心叮嘱。对市松野子来说，一个完全陌生的、不用在尘土飞扬的车间里没日没夜干活的环境本身就让她不知所措了，更何况按她原本迟钝的个性，你让她往左她绝不会向右。

一年后，律仙教买下了一幢更大的宅子。新宅分为上下两层，建筑面积达到一百多坪。尾山定海把一楼的一间十二张榻榻米大小的房间布置为佛堂。佛堂分为内阵①和外阵②，内阵光线昏暗，周围一片漆黑，蜡烛的光照在佛堂装饰物上，散发着神秘色彩；本尊置于天盖的下方，只能隔着帷帐从神橱的门扉后面隐约看见，而坐在外阵则根本无法窥探到本尊的真容。而且在那狭窄的四张半榻榻米大小的地方，无法挪动身体去窥探。二楼是前业主建的小卧室，现仍保留着五六间，但是市松野子不住在这里，她被安顿在北面的一间看起来像是女佣住的小房间里。

川崎富子来这里闭关修行一次通常为一周。期间，她就住在二楼的卧室里。由于她不愿意在内阵本尊前赤身裸体地与尾山定海做爱，因此尾山定海就每晚溜进她的房间。为期一周的闭关修行，使她沉浸在弥漫佛教氛围的鱼水之欢中。

前来闭关修行的不仅川崎富子一人，石野贞子、西尾澄子等其余几名新教的创立者也都会纷至沓来、接踵而至，彼此心照不宣，令尾山定海忙得不亦乐乎，尤其是两人或三人结伴而来之时，一晚上在二楼各个房间穿梭忙碌以至睡四五场觉是常有的事。

---

① 内阵：神社或寺院内部，安置神体或本尊的最里面的部分。
② 外阵：在神社的本殿或寺院的本堂，位于内阵外侧的用于参拜神佛的地方。

八

然而，律仙教并没有像预想的那样迅速发展，信徒人数达到两百名后就原地徘徊而止步不前了——或许是带不来任何现实利益，或许是压根儿感受不到宗教的力量。

买下这座房子已经尽了教会之所能，财务状况捉襟见肘，靠已婚女信徒的捐款已经难以为继。

川崎富子的丈夫生病了，医生诊断为肾功能不全。

"大师，请您帮我丈夫祈祷吧。"川崎富子央求道。

尾山定海回答说："这是因为你男女交合之事行得不够造成的。""不是的。我一直按照大师您的教诲，每天坚持行鱼水之事，但是他的身体每况愈下，尤其是按您说的增加性生活的次数后，他的身体更是一天不如一天，断崖式地垮掉了。"川崎富子颇感委屈。川崎富子皮肤白皙，体态丰满，在性方面上毫无餍足，每次与尾山定海云雨之后，回家依然意犹未尽，仍有着充足的体力和浓郁的兴致和自己的丈夫再来一遍。

"交合之道一日不可或缺，一天两次比一天一次好，一天三次比一天两次更好。肾病很快就能治愈，作为新教的发起者，你是如何对待丈夫身体有恙？要让他吃药！不管是治疗的药物还是营养补充的辅助药！"宗教信仰原本是不需要医药的，可尾山定海却说出了与之矛盾的话。"啊？要让他吃药打针啊？"川崎富子大惑不解，惊悸地诘问道。

尾山定海的命令是神圣的，不可违背。他俨然成为一个巫术师，在他的信徒群里有着绝对的权威。

半年后，川崎富子的丈夫死了。

死因居然还有急性心肌梗死。川崎富子并没有因此而质疑尾山定海的神术，深信那是丈夫寿数已尽。

无论贫富贵贱，每个人摆脱不了死亡，这是神赋予人类最公平的权利。其实，人类从呱呱坠地的那一天起就开始奔向死亡，其间所花费的时间就是人的寿命。如果出现意外而提前到达死亡日期则不属于寿命，身体的病痛是能够由宗教信仰来医治的。

丈夫死后的一天，川崎富子对尾山定海说要奉献律仙教五百万日元。尾山定海十分疑惑地问她原委，她告知今天领回了丈夫的人寿保险金，想悄悄把它捐给律仙教。

"哎，我没有为我们律仙教完整地捐献过一笔钱呢。其他宗教的弟子都为了自己的信仰而卖掉房屋，捐献财产——因为财产会变成心灵的尘埃，变成身体的疾病。每当我回想自己到底给律仙教奉献了什么时我就倍感羞愧，所以就毫不犹豫把丈夫的保险金拿来了。"川崎富子如是说。

"哦，这样啊，谢谢你了，给教会帮大忙了。"尾山定海激动地向她致谢。尽管尾山定海每个月都能收到信徒的零星奉纳，但从没有过川崎富子这样的大笔金额。尾山定海渴望迅速发财致富，渴望得到一大笔钱，不仅是基于寺院活动经费考虑，更多是考虑律仙教的把戏一旦被戳穿，自己总不能流落街头或者重新去打工吧？至少夫妻二人后半辈子的养老钱要留下呢。

女信徒的丈夫们大多是中小企业的经营者，让开商店或是小工厂的老板拿出上百万日元捐给教会是不现实的。这些女信徒们每天像老鼠偷油似的从丈夫的经营利润中抠出一点点，其实已经很尽力了。

这次一下子就有五百万日元的巨款进账，尾山定海不胜欣喜，川崎富子见状也趁热打铁提议道："大师，弟子们都不富裕，虽说一次性拿不出那么多钱，但是人寿保险还是有的。让每位女信徒的丈夫都买人寿保险，然后，让她们事后把这笔保险金捐给律仙教。"

尾山定海沉吟片刻，说："虽说提议不错，但不容易实现。一是不知道她们丈夫能活到什么时候，如果再活二三十年，等到能够领回人寿保险金时恐怕我也早死了；二是即使拿到保险金，还有家属和亲戚呢，只要家族其他人不同意捐款，妻子也是不能做主的。资金的掌握权不在妻子手上，什么都指望不了。"

确实如此。川崎富子听罢也点头承认。

但转念一想，她又提出一个值得一试的方案："大师，让所有女信徒这么做不太可能，但至少作为新教的创立者和组织者的我们六人要率先垂范才行。让石野、西尾、服部、早川、三谷为她们的丈夫投保，然后把保险金的受益人填上大师您的名字，这样，等到领取保险金时她们家人也就说不出什么了。"尾山定海说："这个主意不错，她们会愿意吗？""弟子们沐浴大师您的恩泽，感激不尽，怎敢言不愿意呢。"川崎富子笑了。

其实，川崎富子洞察一切——这五个女人已经全部被尾山定海收入囊中，和自己一样。然而，知道归知道，彼此之间绝不能滋生凡人的嫉妒情感，这才是信徒。

其他五人也同样如此，闻知此事，秘而不宣。

川崎富子的判断不错，不到两三天，石野贞子、西尾澄子、服部达子、早川信子等人纷纷为自己的丈夫追加了人寿险的金额，而且，保险金受益人一律为律仙教教祖尾山定海——尾山武次郎。

尾山定海欣喜若狂，连声说道："大家的盛情好意我接受，但不要勉强哦。"在这里，尾山定海使用了俗世凡人的语言。

"这是应该的，哪有勉强呢。不过，我家丈夫不知道什么时候才死呢，还望大师耐心等待，不要着急才好呀。"她们纷纷回应。

川崎富子住进寺院二楼的小房间后，一直将自己笼闭在屋，不出房门半步。二十天过去了，一个月过去了，寺院内根本见不到她的踪影，看来，她的全部心思和精力都聚焦在修行上了。自丈夫死后，川崎富子都对周围的一切变得漠不关心，把孩子托付给继承家业的弟弟一家，自己索性搬到寺院来，成为寺院的长期住户。而且，她本人还成为律仙教的主持，负责照顾尾山定海大师的生活起居——现在的难题即如何把《东夷列传》里"唯有男子一人给饮食，传辞语，出入其居室"中的男子变成女子。

尾山定海每夜必定要在川崎富子房间"商谈工作"几小时，然后再回一楼市松野子的房间。对于市松野子而言，无论发生什么她都不会、也不敢嫉妒——因为尾山定海说过他所做的一切都是为了律仙教的发展。长期以来寄人篱下打工做女佣，被训练得绝对服从的她，唯有敬畏和绝对信赖，绝不掺杂个人一丝一毫情感。面对尾山定海，在原本就感情木讷的基础上再加上反应愚钝可能正合其心意。总归比起那些情感丰富、好胜心强的女人来，更能守住目前的这份宁静。

川崎富子搬来寺院二楼长期居住反而让西尾澄子等五名骨干分子心中掀起了波澜——虽说不能如凡夫俗子那样产生嫉妒心理，但内心非常羡慕、非常渴望是毋庸讳言的。于是，她们不约而同加大了闭关修行的频率，更为频繁光顾寺院——尾山定海可要多多保重身体哦，首要的是身体能够顶得住，不能出现衰弱的征兆。

尾山定海需要助手，但不能从一般民众里招募，并不是每个人都具备这种资格。如果随便地成为上师助手知道了秘密，或许会给律仙教带来负面影响呢。

尾山定海想起在印刷作坊打工时的宫田君。那个曾经梦想成为新兴宗教教主的流动手艺人现在过得怎样了？记得自己生病卧床不起时，他穿着羽织①来传教。他是一个好人，或许是对自己的前途感到无望而立志成为最赚钱的宗教教主。但是，

① 羽织：短外褂，穿在长和服外面的短衣服。

他没有亲身经历过创立新宗教的艰苦，总归不会有太睿智的眼光。假如他能当助手是最合适不过了。尽管上了年纪，但看来是能保守秘密、忠实可靠之人。尾山定海曾去宫田的故乡打听过他的下落，没有得到一丝线索。看来，他做教主的梦想已经落空，一定在哪个乡下的印刷作坊做流动手艺人。

西尾澄子的丈夫病倒了。

他经营一家专做高档西服的服装店，拥有三名高级裁缝，而且还把服装加工的各个环节分包给市里各家西服店。由于私人定制的缘故，店里昼夜灯火通明，加班赶活儿的情形司空见惯，根本无暇与西尾澄子行夫妻之事。近来，西尾澄子丈夫身体日渐消瘦，医生诊断为肝有毛病，但根据尾山定海的教导，西尾澄子定要坚持宗义之道，频频增加夫妻性生活的次数，以致丈夫卧床不起了。

积压的订单与日俱增，客户投诉越来越多，西尾澄子有些害怕了，于是请来医生给丈夫诊治，静脉注射营养补充剂。不知是西尾澄子的照料还是医生的注射起了作用，病情总算得到遏制，没有继续恶化。然而，西尾澄子每隔三天必须与其鱼水之欢一次，雷打不动——她对尾山定海医治疾病的法术深信不疑。

九

尾山定海喜欢吃肉，一日三餐中必有一顿牛肉或猪肉。

现代的密教，僧人吃肉根本不会被认为破戒——早在中世纪直至近代的日本，僧人在寺院里吃肉以及以寺院女婢的名义招女人进来淫乱已是公开的秘密，形成这种伪善做法的根本原因是人的本性受到压抑，亲鸾①推翻了这些清规戒律，可当时为什么不做得更彻底一些，索性提出赤白二渧不二一体的主张

① 亲鸾：日本佛教净土真宗初祖。曾名范宴、绰空、善信、愚秃亲鸾等，谥号见真大师。生于京都，四岁丧父，八岁丧母，幼时就有"人世无常"的想法。九岁出家，成为比睿山天台宗的僧侣，按照《法华经》的教义苦修二十年而未能解决生死大事。二十九岁下山投净土宗，在法然上人（源空）门下学他力念佛教义而被阿弥陀佛的本愿所救摄。主张一向专念无量寿佛，为开显阿弥陀佛广度一切众生的真义而食肉娶妻。后因与当权者神权统治思想的矛盾而被流放越后国（今新潟县），遇赦后在各地传播真实（根本、究竟）佛法，著书立说，自称"非僧非俗"，开创了净土真宗。晚年回到京都，于1263年九十岁圆寂。

呢？每当谈及此事，尾山定海倍感惋惜，因此，他本人每餐必肉，无肉不欢，无肉不足以支撑他每日的体力消耗。

一天，厨房传来一阵腥臭气，尾山定海好奇地走进去一瞧，原来是市松野子在炖肉。尾山定海问："这次炖肉怎么味道不对啊？"市松野子回答："两周前买的猪肉忘记放在冰箱里冷冻，想必已经变质了。扔了可惜，干脆把它炖了吃吧，就有了这股怪味。"尾山定海训斥道："笨蛋！肉坏了怎么能吃呢？即便放进冷藏两周也会坏啊！赶紧扔了，太臭了！"市松野子连肉带汤一股脑儿倒进泔水桶，桶面立刻浮起一层厚油。

尾山定海目不转睛地盯着，他在思考。

他把那些倒进泔水桶的臭肉汁再次盛进碗里，奉献给安置在幽暗内阵里的本尊。随后，他开始诵读《瑜祇经》和《宝箧印经》，沉醉于经文的音节中。尾山定海很快进入了恍惚状态——仿佛置身于暗夜的海面上，蜡烛的光似点点渔火；又仿佛徘徊于黄道十二支的行星间，甚至香炉的袅袅青烟也成了一种催情药，令他飘然欲仙。

源自西伯利亚的萨满教认为疾病是妖魔侵害身体所致，他们相信是人的灵魂被妖怪夺去，进而被禁锢。他们试图通过巫术来驱逐病魔，而巫术的办法就是为恶灵供物，现在尾山定海就试图用动物的油脂来驱赶恶灵，变质的猪肉炖出的油掺和着腐臭味让尾山定海联想到"和合水"——在宗教观念里，错觉、幻觉和现实是合为一体的。

第二天，他带了一个小瓶子和一管 15 毫升的注射器来到西尾澄子丈夫的床前，注射器是他让市松野子去药房买的。定期为西尾澄子丈夫治疗的医生已经一小时前离开了，尾山定海来时房内空无一人。他对西尾澄子夫妻俩晃了晃手中的小瓶，说这是能驱赶恶灵的圣水，然后把那瓶黄色的液体吸进了注射器。当他拉起西尾澄子丈夫纤细手臂准备扎针时，发现一小时前医生静脉注射的针孔还在，尾山定海就把针头扎进止住血的原针孔里，徐徐把圣水推了进去。

身边，只有西尾澄子一人在聚精会神地看着他操作。

尾山定海在驱除恶魔时不喜欢周边有医生和其他闲杂人等，医生是巫师的天敌，对巫师厌恶至极，如果被医生看见了真不知道如何解释呢，况且被无信仰的人了解到"和合水"只能徒增麻烦。

西尾澄子的丈夫痛苦地呻吟："痛死了，痛死了。"尾山定海为他祷告，希望能缓解他的疼痛，但似乎毫无效果，疼痛一直在持续。

尾山定海回到了寺院。

第二天一大早，西尾澄子就跑来告诉他她丈夫死了，并且告知医生的诊断说死因是急性肺炎导致突然呼吸困难。尾山定海双眼露出惊恐的目光，盯着西尾澄子问："你没把'和合水'的事说出来吧？"西尾澄子回答："那种事怎么能跟别人说呢？这可是大师您交代过千万要保密的事啊。"

再说那位医生，当他把死亡诊断书交给西尾澄子时，蓦然间心生疑云："这件事怎么这样蹊跷？一小时前生命体征一切正常，怎么一小时后人就没了？里边会不会有鬼……"

如坠云里雾中的医生把这起罕见的病例书面汇报给了县里的医师学会，这篇文章后来又被刊登在医师学会会刊上——会刊是针对本县医师发行的专业内部刊物，普通市民看不到。

半个月后，西尾澄子兴冲冲地来找尾山定海："大师，明天就能领取我丈夫的人寿保险赔付金了，我们一起去吧？"如前所述，西尾澄子给丈夫投保时把尾山定海作为受益人，保险赔偿金作为对寺院的捐赠，一共七百万日元。

又过了一月有余，西尾澄子搬进了寺院二楼，在那里进行长期闭关修行。她很高兴自己终于取得和川崎富子同样的资格。

一年后，三谷弘子的丈夫也死了。他是在庭院内不慎摔倒造成膝盖骨裂，此后卧床不起，继而全身脏器衰竭，引发肺炎。

医生觉得三谷弘子丈夫之死非常可疑，经三谷弘子同意报警了。警方进行尸检，结果是死于脂肪堵塞，基本排除了他杀的可能性。三谷弘子投保的这家人寿保险公司按照协议向律仙教赔付了一千万日元，认为这笔钱是作为捐助教会使用的。

三个寡妇一起居住在寺院二楼，除了尾山定海每天分别面授机宜的时间外，她们朝夕相处，和睦依旧。不久，早川信子也搬了进来，加入了闭关修行的行列——她把丈夫、孩子扔在家里不管。

早川信子的丈夫经营家电生意，由于家电卖场生意火爆，非常忙碌，他对老婆长期待在寺院夜不归宿的做法十分反感，难以接受。一天，他满腔怒火地冲到寺院的二楼，只见老婆正和川崎富子、西尾澄子等人一起诵读《理趣经》，练习"妙适清净句是菩萨位，欲箭清净句是菩萨位，触清净句是菩萨位"等十七段的发音，只好待在一旁静静等候她们把十七段全部念完。

诵读完毕后，三人只是冷漠地瞥了他一眼。

早川信子的丈夫哀求道："快回家吧，孩子们在等你呢，店里实在忙不过来了！"信子神情冷漠地回应道："我这是为了信仰，怎么能回去呢？"其他两人也纷纷帮腔道："是呀，信子在为信仰而修行，为人世间的幸福努力传播律仙教，这是头等重要的事，你不要给她添乱了。忍忍你的欲望，耐心等待吧。"

"为了全人类的幸福？还是先想想自己丈夫的幸福吧？比起世间的幸福，想想自己家庭的幸福吧。"信子的丈夫反驳道。"你胡说什么啊，信仰的中心思想不是追求个人幸福而是追求世间大多数人的幸福。你现在又不是血气旺盛的年轻人，难道离开老婆几天就受不了吗？"川崎富子、西尾澄子两人语气刻薄。

早川信子的丈夫最终只能找尾山定海直接面谈。

尾山定海面无表情地说："你也亲眼看到了，你妻子如此卖力地宣传律仙教，我能硬把她赶回去吗？"

面对尾山定海这种简单粗暴的拒绝，早川信子丈夫怒不可遏，他愤然说道："那就别怪我了，我只好叫警察了。"听罢此言，尾山定海不由得眉峰微蹙，继而冷着脸狠声说："警察的职责是惩治违法犯罪，你夫人来这里住下是本人自愿的，既不违法又不犯罪，何况我也曾经力劝她回家，可她不愿意走我能怎么办？我一没诱拐，二没监禁，警察凭什么来管这种完全出于本人自愿的事呢？至于你因为老婆出家而叫苦不迭，心情烦躁，充其量只是夫妻和睦与否的家庭问题，警察才不会管呢，我看你就死了这份心吧。"

早川信子的丈夫听罢顿时愕然，待了半天，一脸沮丧地起身离开，尾山定海则突然话锋一转，语气温和地说："好吧，我再试着劝劝她吧。"

　　早川信子的丈夫到家两个小时后，早川信子悒悒不乐、无精打采地回家了。丈夫见状既吃惊又高兴，但他丝毫不会想到正是他说要报警这句话起了作用，这让尾山定海突然害怕了。

十

一年后，律仙教在继续壮大。

除了归功于六位铁杆女信徒的拼死努力外，也有其他女信徒之间的口口相传。律仙教的发展究其根本原因是不同于其他宗教派别的教义，比起那些有着完善理论体系的宗教派别，律仙教原始而又开放的内容更能为下层民众所接受。在把宗教看作是兑现现实利益工具时，在既有的宗教体系不灵验时，原始的东西就容易有市场。人们对神秘的、充满魔力的东西有一种向往，从奇异的东西里能看到亡灵；对淫祠邪教的崇拜也许是原始萨满教的意志传承——尤其是大部分民间信仰都有对性的崇拜。人们相信这就是利益，能以更加直接、更加快速的方式兑现。

尾山定海又拥有了一座寺院。虽称不上头等的规模，但绝不同于普通的房屋。方形的屋顶让人联想到法隆寺的梦殿①，这里修葺了真正的高规格的内阵和外阵，神橱、天盖和神殿装饰物全部换成高级材质。没换的只有本尊弁财天，这是自创立教派以来一直被供奉的神，即使经济条件变得再好，也必须好好保留。

除了正殿之外，尾山定海夫妇居住的库里②是一个横向细长的建筑，有着数间屋子作为宿坊。闭关修行是密教头等重要的法事活动，因此库里的面积很大，正殿和库里之间有走廊连接，周围是郁郁葱葱的精致庭院。

律仙教教徒人数与日俱增。在岐阜县、爱知县、滋贺县、富山县、石川县、静冈县、长野县都有他们的教徒。尾山定海对外宣称拥有弟子两千，尽管似有水分，但人数也确实十分可观，发展不可谓不快。

普通的女信徒根本无法拜谒尾山定海的真容，理想达成，出入其居室，传辞语等大部分事宜均交给川崎富子、西尾澄子她们去办理，只不过供饮食者不是女子一人，而是若干人。

也许因为鲜见的那份神秘感，一种可怕的说法在女信徒

---

① 梦殿：位于奈良县斑鸠町法隆寺东院内的八角堂，公元739年行信营造，安置有救世观音像。
② 库里：寺庙住持或家属住的地方。

之间悄悄流传——尾山定海大师惠及福德，不仅能治愈疾病，还能自由运用巫术杀人。如果相信巫术的魔力，一切就会变成现实。

律仙教宣传的现实利益其特征就是福德，因此动员创业者、投资人加入教会、成为教徒不足为奇，而且律仙教在这方面已经找到了有足够说服力的说辞而开始推广传播其教义。尽管现在的信徒们多为小企业主、投机商和一些做酒水零售生意的人的妻子，但尾山定海坚信不久的将来一定会吸引产业界、财界的大佬来关注律仙教。

比如，某地方银行行长崇拜观音菩萨，于是筹资建了一尊巨大的观音菩萨塑像，结果想得到银行融资的企业家，甚至一些地方政治人物，都络绎不绝地前去顶礼膜拜，这位银行行长借机赚了一大笔钱。可见，宗教一旦和地方财阀相勾结，何愁财富不会滚滚而来。

律仙教其实已有了这种迹象。

临县私营运输公司的社长为给夫人治病而成为了律仙教的忠实教徒。他是由川崎富子作为中介拉入寺院的。"大师，律仙教的机会终于来到了，千万不能错过啊。"说话时，川崎富子正跪在地上给尾山定海揉着膝盖。"嗯，我见见那位社长再说吧。"

　　不用尾山定海交代，川崎富子早已安排好会见事宜，直接把运输公司的社长带到寺院来了。社长五十二三岁，举止得体，颇有风度，他在尾山定海面前行叩拜之礼后，郑重地问道："加入教会后就能带来财运、就能自由掌控疾病吗？"尾山定海神色淡然地回答："能否带来财运的问题尚可理解，能否自由掌控疾病的问题则未免可笑。大部分的病都能够不治自愈，对它的掌控取决于是否有信心和对信仰的坚定虔诚的程度，不虔诚者无法自由掌控疾病。"财运没有好转或是疾病未能治愈就是信仰不够虔诚，这种说法本身就是模棱两可而逃避责任。社长又问："听说您的祈祷很灵验。"尾山定海耸耸垂满长发的肩膀，莞尔一笑道："祈祷原本就是密教的一种重要的法事，如果它都不灵验，还有什么灵验呢？"

　　社长充满感激地回去了，第二天就派人送来一个装有一百万日元现金的大箱子。

　　"出手果然阔绰啊！"川崎富子激动不已，来到尾山定海身边附身耳语道，"大师，事实上这个社长是想通过巫术的祈祷早点结束太太的生命。听说他在外面有女人，想等夫人死后娶进家门。夫人尽管体弱多病，但目前尚无要死的迹象。社长是入赘女婿，夫人不死财产就不能归自己名下，现在社长和他的小三都心急如焚，巴不得夫人尽快归西。假如夫人还能撑着活个五年十年，一切就不好办了。大师能用死亡诅咒帮他结果夫人的性命，他将奉献一千万日元，今后也将作为律仙教的信徒代表帮忙大力宣传，每年也会献上大量的奉纳。但是不能直接把他老婆杀了，只能通过祈祷，因为祈祷致死不属于犯罪。"川崎富子积极地劝说："大师，千万不要错过这次机会啊"。

尾山定海恍然大悟，明白了社长那句疾病能自由掌控问话的真实含义，也理解了他送来一百万日元巨款背后的真实意图。"但是，我对通过祈祷诅咒置人于死地毫无信心，这种能力作为传言在外界流传确实增加了我的神秘色彩，但一旦真的让我用巫术杀人却是无能为力的，我心里清楚我不具备这种神力，我无论如何办不到。万一露出马脚，他夫人性命安然无恙，我岂不是脸面丢尽吗？我本人肯定会从此一蹶不振。"尾山定海满脸愁云、抱住双臂说道。

川崎富子颇有意味地诡秘一笑："大师，就用那个方法吧？给他夫人注射'和合水'，这个方法准出不了错。"尾山定海大惊失色，顿口无言，面如槁木——这个女人难道知道西尾澄子丈夫的真实死因吗？川崎富子是个不可大意的女人，那件事是在绝对保密的情况下进行的，难道她从西尾澄那里听说后对急性肺炎的致死产生了怀疑，进而进行了秘密调查？但突然呼吸困难是真实的，难道是注射猪油引发的症状吗？这次结果又将如何呢？

　　运输公司的社长夫人因罹患急性肺炎今天去世。噩耗传来，众人皆惊！她本是胃溃疡的小毛病，病情怎会急转直下而把命搭上了呢？委实让人感到蹊跷，陡生疑云。因病人排斥手术，只好采用内科保守疗法，每隔一日给她注射营养针。然而，竟然在为其治疗的医生离开不到二十小时暴毙了。

　　医生向病人丈夫询问。其夫告知，医生离开三十分钟左右，从岐阜县请来的律仙教教主到了。为了治愈疾病、尽快康复，教主在病人枕边开始祈祷。医生问祈祷时有无亲属在身边，其夫回答说祈祷只能病人一人在场，如果其他人在场祈祷就不灵验了，所以自己和家人均不在场。

　　医生对此高度怀疑，认真检查了尸体，但没有发现任何可疑的迹象——只有医生二十小时前在左臂静脉注射的针孔痕迹比原先微微大了一些，看起来像在原先扎针的地方又重新扎了一次。当时往静脉里只扎了一次，针孔不可能像现在这样大啊！难道自己记错了？医生反复回忆当时注射的场景，为证明不是自己的过失，他向死者丈夫提出解剖尸体的请求。丈夫爽快答应了，脸上不仅没有丝毫悲痛之情，反倒流露出一种如释重负的轻松。

尸检结果显示，死者确实死于急性肺炎，但在显微镜观察下，看到了死者的肺部、肾脏和大脑的某些部位血管被脂肪严重堵塞——通常在骨折的情况下容易发生的症状，而死者的任何部位都没有骨折。

负责解剖的医生的脑海里突然浮现出两年前在岐阜县医师学会会刊上刊载的那篇文章，文章描述了一名四十二岁经营西服店的男性在肝病治疗期间突然因呼吸困难而离奇死亡的案例。自己从未遇到这种情况，当时亦是倍感怪异。于是，医生把这件事和针孔与原先不一样大这一点联系到了一起。

如果再次扎入原先的针孔把液体脂肪注入，所有一切就能解释通了。肺部、肾脏和脑部都有脂肪堵塞，当然容易引起肺炎。脂肪堵塞症状通常发生在严重骨折而长期卧床不起的情况，作为解剖医生，通常不会追究病症以及骨折的原因，因此也不会引起警觉。

但这件事背后却另有玄机。

不可思议的巧合是，无论医师学会登载的那个案例，还是这次社长夫人之死，都是在医生注射营养剂后、律仙教的教主尾山定海接踵而至的情况下发生的。医生把他发现的这些疑点

——告诉了警察。

但此时此刻，医生和警察并不知道这些脂肪与"香清净句是菩萨位"的所谓圣水的有关真相。

——附注《理趣经·十七清净句》的译文出自村冈空的《人当怎样死去》，松本清张

留守宅事件

一

以下是一份"证人询问笔录"，也是一位巡警的供述，他
描述了接到一起刑事案件报案时的情况。

问：你在西新井警察署工作了多少年？哪年调往
大师前派出所的？

答：我从昭和四十二年九月供职于西新井警察
署，一直到去年十一月中旬后奉调到大师前派出所
担任巡警。

问：今年二月六日，在西新井××街××号，
栗山敏夫的妻子栗山宗子被人杀害，你讲一下当时接
到报案时的情况。

答：二月六日下午六点半左右，我在派出所值班
室与值班巡警山口聊起了有关相扑的话题（当时我

轮班休息），这时，一名男子进来对山口巡警说："我的妻子被人杀了，请您马上过去。"山口巡警吃惊地问道："怎么回事？说详细一点。"那个男人说："我下班回家没有看见妻子的踪影，后来发现她躺在储物间里已经死了，我不知道死亡原因，但肯定是被谋杀的。"

山口巡警问了来人的姓名和住址，那人告知名叫栗山敏夫，三十四岁，家住西新井××街××号，受害人是他的妻子栗山宗子，二十九岁。随后，山口巡警叮嘱我向总署打电话通报情况，他骑上车和栗山敏夫一起去案发现场。我给总署打电话报告了案情后也很快赶到栗山敏夫的住处。我到达时已经有警车停在那里，来了大批刑警。

问：请描述一下报案人栗山敏夫当时的情形。

答：栗山敏夫虽说是来报警的，但他的神情居然沉着淡定，丝毫没有家中出了人命那种恐惧和慌乱，而且，他好像不是着急跑来的，因为他的呼吸一点儿也不急促，还能够慢条斯理地把话说完和冷静地回答我们的提问。

问：还有其他补充吗？

答：没有。

这名年轻巡警名叫平田，那天他正坐在值班室门口靠近钟表的椅子上与他的前辈——山口巡警讨论初场所[①]的战绩，山口巡警绘声绘色地评论他喜欢的相扑选手，突然，他的目光停滞了。

只见一个身着风衣的高个子男人向他们走来，那人衣着得体、气质优雅，头发梳理得很整齐——平田抬起眼睛看着他，以为他是来问路的。

"我妻子被人杀害了，尸体在储物间，麻烦您来一趟。"

走到两人面前的那位男子冲着山口巡警说了上述的话。说话的语气之缓和、音量之低沉，令山口和平田两人莫名其妙地面面相觑，满脸疑惑。

男人看起来三十岁左右，但他时髦的穿着显得他比实际年龄年轻很多——外着红色粗格纹的深蓝色风衣，衣领露出褐红色的围巾，宽阔饱满的天庭、凹陷的双眼和高挺的鼻梁，以及线条柔和的嘴唇和略呈尖削的下颌，头发和脸也打理得干干净净，后来听说他是汽车推销员后，警员们都有一种"难怪如此"的感觉。话说回来，高个子的年轻帅哥谁不喜欢呢？平田巡警当时觉得这男人皮肤白皙，后来一回想，或许被吓得脸色煞白

---

① 初场所：大相扑的一月场所。

也未可知呢。

巡警们从栗山敏夫从容淡定的神态判断不了事态的紧急，从他的言语中才知道出了命案。而且，细思极恐的是，与其理解成这男人当时意识清晰，不如理解成意识模糊、神经处于麻痹状态或许更为恰当。他动作迟缓，说话时舌头像缠在一起似的咕哝不清。

栗山敏夫报警时的奇怪表现一直影响着警方日后的调查。

"请你讲讲发现夫人尸体时的情况。"

负责调查本案的侦查小组成立后，上级部门派来一个名叫石子的警官前来协助调查，他向栗山敏夫询问道。

"我是岩崎汽车公司东京总公司营业部主任，工作是销售汽车。我的报酬除基本工资外，还根据汽车的销售业绩按比例拿奖金，也就是提成。虽说基本工资不多，但因为有提成，总体收入还可以。岩崎汽车公司是 G 车系列的销售总代理，专售 G 车。我不仅负责东京都地区，还负责东北地区的销售。因两年前我担任过仙台分公司销售主任，在仙台分公司工作的三年间取得了不俗的业绩，所以现在他们也经常找到我，为他们的销售出力。我一年去三次，就是差不多三个月要去一次仙台分公司，近十天时间都帮助他们解决销售方面的问题。"

栗山敏夫先介绍了自己的工作状况。

"一月二十六日我又去了仙台，这次主要往返于宫城和山形两县。二月四日我乘列车从仙台返回，于下午五点到达公司。在公司，我浏览了一下近期的销售报告和因出差而未阅读的文件后，就约了在新宿上班的朋友一起去酒馆喝酒，一直喝到晚上十一点才回家。"

"进家门时没有看见太太吧？"

"是的，没有看见她。大门紧锁，我认为家里没人就用我的钥匙打开门。此时，我已知道太太不在家，而且从一月三十一日以后就不在家了——直到我在储物间发现她的尸体之前我都这么认为。"

"为什么？"

"我家院子的信报箱里报纸堆积如山——早刊和晚刊共九大摞，除了一月三十一号的晚刊以及到二月四号的早刊和晚刊之外，还有四五个快递包裹。"

"报纸的日期是从一月三十一号晚刊开始，也就是说那天的早刊不在信报箱里，对吧？"

"是的，之前的报纸都整齐叠放在起居室的桌子上。所以，我太太是读了报纸之后才出家门的。"

"之前的报纸指什么？"

"是我未读过的一月二十六日以后的报纸。二十六号上午九点我乘坐从上野出发的特急列车去了仙台，我是读了那天的早刊后出门的。"

"在你去仙台前，你太太告诉过你三十一号以后不在家吗？"

"没有，她没说过。"

"就是说，你认为她事先不打招呼就出门了。"

"是的。"

"你当时不觉得奇怪吗？"

"我以为她去静冈的妹妹家玩了，之前她有时候会去那里。"

"之前也是事先不告诉就去了？"

"通常，我出差后妻子如果感到寂寞无聊就会临时决定到妹妹家住几天，之前她不会告诉我，之后她会在我出差回来后回到家里，我已经习惯了，所以当时进门时就这么想，认为她在一月三十一号的晚上去了静冈。"

"静冈的妹妹？"

"她叫高濑昌子，比我妻子小五岁，未婚。在当地的一所高中当老师，住在一所公寓里。"

"公寓有电话吗？"

"房间没有电话，用的是传呼。"

"她去静冈之前没留个便条什么吗？"

"没有。她总是什么也不说就走了，她老是这样。"

石子警官的眼珠像鱼眼一样停止了转动，直直地盯住栗山敏夫，少顷，恢复了转动继续问道：

"你到家后，既然认定从三十一号以后她就不在家，为什么不打个电话确认一下？"

"我那天和公司的朋友在新宿喝酒，回到家已经夜里十一点了，这么晚给静冈那边打电话好像不太好吧？况且电话不能直接打到她妹妹房间里，而是先要打给公寓管理员。"

"但你是隔了一天，就是在二月六日的上午十点半才给静冈那边打的电话吧？"

"是的。因为五号这一天公司特别忙，所以六号上午才打电话的，公寓的管理员说昌子不在家。于是我自报姓名，问我太太有没有去那里，他说好像没有看见。于是我觉得很诡异，请管理员转告昌子回家后尽快给我回电话。"

"那她打来电话吗？"

"嗯，回了电话，下午四点半左右打来的。昌子说她姐姐近期没有去过她家。我说那就奇怪了，我一月三十一号出差到现在你姐姐一直不在家。昌子听了一下恐慌起来，立刻要来东京看看，我安慰她说先等等吧，有消息我会马上通知她。"

"你说等有了消息，难道关于你太太的行踪你知道些什么？"

"不是的。说不定我妻子一会儿就回来了，我觉得让她妹妹从静冈老远跑来实在过意不去，她有工作，而且很忙，所以我就劝她暂时别来。"

"你刚才说除了报箱里的报纸，还有四五个快递包裹，都是什么东西呢？"

"是便利店的广告品，还有无聊的商品宣传单。"

"你出差的时候，没有给在家的太太打过电话吗？"

"打过啊，一月二十九号的晚上八点。我住在山形县天童温泉宾馆，用宾馆的电话给她打的。她接了电话，我问了一下家里情况，又说了一下我近几天的工作业绩，她没说什么要紧的事。"

"那天是你太太不在家，唔，确切地说是你认为你太太不在家的三十一号的两天前吧？"

"是的。"

"当时她讲话有什么可疑之处吗？"

"没有。她说电视天气预报东北地区下了大雪，问我那边怎样。我说气温比往年低了3摄氏度，雪很大，地面已经积雪。我在仙台分公司工作的三年她跟我住在一起，对那边的冬天十分了解，所以挂电话之际还特别嘱咐我注意保暖、别感冒了。我告诉她计划四号返回东京，也可能推迟一天，但最迟也会五号回家，她一个人在家要处处小心为宜。没想到那竟是我们夫妻二人最后的通话。"

二

　　"推迟一天回来是怎么回事？"石子警官问道。

　　"汽车销售没有预想顺利，我想再努力一下，这样就有可能多待一天。"

　　"但是你还是按照原计划二月四号回来了，对吧？"

　　"是的。后来发现多待一天也无济于事，怎么努力也不可能有好的效果，就放弃多待一天的打算。而且天气很不好，雪下得很大，比往年冷得多。"

　　"是啊，东京也很冷呢。好了，话题还是回到你二月四号晚上回家的时候吧。家里当时发现有异样吗？"

　　"我没注意什么，可能我喝醉了吧。"

　　"你马上睡觉了？"

　　"是的。我把被子从壁橱里拿出来铺好，就沉沉地睡去了，一直睡到第二天早上近九点钟。"

"第二天早上，也就是五号早上？"

"醒来时已经快九点，于是我慌张地从床上跳起来，简单吃了烤面包和配送的牛奶。嗯，对了，忘记说了，还有四瓶牛奶放在配送箱里没取呢。然后，我匆匆开着私家车往公司奔去。上班考勤是朝九晚五，我迟到了大约五十分钟。到了公司后立刻到外面跑了一天业务，五点下班后我去看了场电影，散散心，回到家已经十点多了。我妻子仍不在家，上午十点半我给她妹妹打了电话，在公司打的。"

"五号晚上回来你太太仍不在家，你难道就不担心吗？"

"虽然有些担心，但我脑子里根深蒂固地认为她去静冈的妹妹家了。直到她妹妹电话打来后我才开始真正担心。六号那天下午我五点准时下班，六点就到了家。一进家门我就感到有一种不祥之兆袭来，只能说发自一种预感，于是我就开始检查家里各个房间，似乎没有被破坏的地方，难道是……我拿着手电筒从后门走出来。"

"等一下！那时你没发现后门没锁吗？门是从外面撬开的。"

"没注意到。当时因为有些恐慌情绪，胃也跟着不舒服起来。"

"是吗？好，请继续。"

"我从后门走到储物间——五六步的距离，平时会把暂时不用的物品和旅行箱放在那里。"

"你是租房吗？"

"不，我们结婚时父亲为我们建造的，父亲于两年前去世了。在仙台工作期间我把它出租了，回到东京时租期也到了，我们就没有再出租而自己住了。"

"有几个房间？"

"一个八张榻榻米^①大小的起居室，两个六张榻榻米大小的房间，一个四张半榻榻米大小的房间。"

"应该有车库吧。"

"有。"

"你有车吗？"

"因为工作性质我必须有车。一般上班和外出跑业务时开车，是从自己公司买的。"

"储物间有五平方米吧？"

"是的。"

"那你讲讲发现你太太尸体时的情况。"

"储物间的门一打开，我大吃一惊——一股异味扑鼻而来，这股恶臭让我料到可能发生的事，恐怖感如一股电流般立刻传

_____

① 榻榻米：一张榻榻米的传统尺寸是宽90厘米，长180厘米，厚5厘米，面积1.62平方米。

遍全身，心扑通扑通地要跳出胸口。我谨慎地用手电筒往里照，在一堆木箱的阴影处一双惨白的脚出现在手电筒晃动的光亮中。脚是光着的，只看到既没穿木屐也没穿鞋，我无法从两只光脚判断死者是否是我妻子，于是鼓起勇气、壮着胆子向里走了两三步，手电筒的光照在木箱的阴影处，我看见一个女人穿着我太太平时穿的那件睡衣脸朝下趴着，我再仔细看了从蓬乱头发中露出的那张脸的侧影，我确认就是我的妻子。我慌忙跑出储物间去了派出所。"

"你没碰你太太的尸体吧？"

"没有，一下也没碰。尸体已经散发出臭味，我确信她已经死了。我想，如果挪动尸体就破坏了现场。"

"嗯，你做得对。你为什么不打110，而要特意走到派出所报案呢？"

"当时很慌乱，没想到太多。我上下班总是从派出所门前路过，那一瞬间我想到了它。后来我觉得给110打电话报案可能会更快些，但当时只想到了派出所。"

"能理解你看见夫人死在储物间时的心情，不，是悲痛的心情。当时你没想过夫人为什么死在储物间吗？或者说，凭直觉你当时感觉到什么吗？"

"我太太是穿着睡衣被杀的，我当时的第一反应是有人入室抢劫。但家里没有一点凌乱的痕迹，于是我又想可能是色狼入室，强暴了独居家中的妻子后杀人灭口。想到此我怒不可遏，就迅速去报警了。不过，让我颇感欣慰的是尸检报告说我太太并没有被凌辱，我也舒了一口气。"

"你们什么时候结婚的？"

"七年前，我二十八岁，宗子二十二岁，我们是自由恋爱结婚。"

"婚后夫妻感情好吗？"

"当然不能和热恋期与新婚期相比了。但我们相互尊重，有事商量，彼此也没有大的不满。但也和众多的年轻家庭一样，小小的摩擦总归是有的。"

"你对太太哪方面不满意呢？"

"她是个不拘小节的人，不太注重我的感受，很多方面显得十分任性。比如，这次出差回来时她不在家的情况以前就经常出现，司空见惯了。她经常不打招呼就出门，去静冈妹妹家或去哪儿。我希望她能考虑作为丈夫的感受，哪怕留下只言片语也免得让人担心记挂啊。如果说不满意，我就是对她这种做法不满。"

"我想问个涉及隐私的问题。你太太不拘小节的个性也体现在夫妻性生活方面吗？"

"没有，这个嘛，我想应该和普通夫妻一样吧。"

"下面的问题或许有冒犯之处，不过出于案件调查的需要也请你配合。你想过你妻子有否红杏出墙，在外有情人或是男友吗？"

"没想过。或者说我没有注意到那方面。我刚才说过每三个月我要去东北出差一次，每次在外十天，此外，还要不定期去关西，可以说，我无法掌控她的行动。假如她真有相好的了，平日应该露出些蛛丝马迹。不过，我信任我太太的人品，至今如此。"

"你认识一位名叫萩野光治的人吗？"

"认识。萩野君是我朋友，也是比我晚一届的大学学弟，家住福岛，现在在福岛的一家证券公司上班。我们夫妻在仙台的时候，他每次到仙台来都会到家里坐坐，搬到东京以后，他来过家里三次，有一次就是到现在住的这个地址。"

"他跟你妻子的关系不错吧？"

"不仅和我妻子关系好，和我们夫妇二人关系都很好啊。"

"萩野光治每次来找你们都有什么具体的事吗？"

"不，没有什么特别的事。他是我大学学弟，后来又一直交往，来见我们无非是聊天叙旧，我妻子宗子也会一起聊很多。"

"你知道萩野光治对你太太有特殊的情感吗？"

听罢此言，栗山敏夫轻皱了一下英俊的额头。

"特殊的感情是指萩野光治的内心对我太太怀有爱慕之情？"

"正是。"

"我知道他对栗山宗子抱有好感。他本人对此讳莫如深，没有流露纤毫，但不知为何我能感觉到。"

"你太太呢？"

"我认为她对他没有想法。"

"也就是说，只是萩野光治的单相思。你们夫妻之间议论过这件事吗？"

"有时候我也对她调侃一下，开玩笑说'萩野看起来喜欢你了'，太太说：'我可不喜欢他。'除此之外我们也没再说什么，至少我现在记不起来。萩野光治到家里来时，宗子也没有反常的举止，只是会被萩野光治的幽默逗得哈哈大笑。"

"你和萩野光治最后一次见面是什么时候？"

"二月二号晚上。由于此次销售业绩不太理想，我想起福岛市有我在仙台工作时结识的客户，就从仙台乘列车去了那里。我拜访了一位名叫山下喜市的海产品商人，中午十二点左右在他店谈了两个多小时，我们成交了——我答应他三月份带一辆轻型货车过来。我为没白跑福岛一趟而高兴，为又售出了一辆车而兴奋。下午两点半从山下喜市店里出来后在市里闲逛，去了咖啡店。我原本没打算和萩野光治见面，但因当时心情特别好，从咖啡店出来后就去了位于××街××号的萩野家，大雪路滑，到他家时已经晚上八点半了。"

"你和萩野光治见面后说了些什么？"

"嗨，不足挂齿的小事，互相寒暄呀、各自的工作情况啊，还有大学同学的近况，诸如此类。萩野老婆知道我没吃晚饭，特地为我做了鳕鱼、豆腐和白菜的鱼火锅，还拿出了酒。大概见到老朋友高兴的缘故，或是空腹的原因，我没喝几杯就酩酊大醉，不得不在萩野夫妇的劝说下留宿了。何况外面正下着大雪，萩野的妻子答应早上七点一定叫醒我，我就放松地在他家住下了。"

"当时，萩野光治问过你什么时候回东京吗？"

"我忘了是萩野光治问的，还是我主动说的，反正我对萩野光治夫妇说过我四号回东京。"

"萩野光治没说他最近要去东京？"

"没听他说。"

三

　　警察的询问笔录如同一篇纪实文学作品，用貌似冷冰的语言把每个细节描绘得淋漓尽致，把写实主义文风发挥到了极致。这篇办案用的公文让人看到文学作品在用尽了各种技巧后正在变成这种类型文章的途径。

　　这份询问笔录的被询问人栗山敏夫住在东京都足立区新井××街××号，是一幢带有前院的瓦房小楼。周边有东京都巴士本町车站和梅花银行西新井分行，距离杉原殡仪店和椎野美容所约二百米，距森田蔬菜水果店和与它西边相邻的横仓忠次方之间的道路约十五米。栗山敏夫住宅位于一条住宅街区，但住户不多，栗山敏夫家的西边是空地，东面与岛田芳雄家的水泥院墙相接，两家之间相隔不到两米，中间为

225

一条长约十米的水泥小路。从小路正面能通向栗山敏夫家的后门，进而能通向面积约五平方米的储物间。栗山敏夫家有石墙同河合隆太郎家隔开，与栗山敏夫家南边隔一条小路的是植田吾一方和樱井秀夫家。

栗山敏夫家的玄关有两张榻榻米大小，起居室是八张榻榻米大小、西洋风格的房间，还有两间六张榻榻米大小的卧室、餐厅、浴室、厕所等，房子西面附带一个约 6.6 平方米的车库，还有一个约五平方米的储物间单独设在离住宅北面约一米的地方，房间布局参见示意图二。

这份询问笔录说明了栗山敏夫家的室内布局，除此之外，还可以从房间茶具柜上装杂物的纸箱数量，厨房角落里放置的一个调料桶以及厨房水池下面放入洗衣粉的塑料桶的两双男袜等来推断房间的其他细节。

有关被害人的记录是这样的：

被害人是成年妇女。如前所述在储物间的木箱旁，她面朝木箱趴在地上，两臂微微摊开，右腿的膝盖向外弯曲，能看见左腿的大腿背面，衣服下摆凌乱。

死者身穿发白的肌襦绊①，外边套了一件红色法兰绒的毛料襦绊，化纤料的夹和服②睡衣上松松地系着一条别致的腰带，衣服的胸口处是敞开的，露出大半胸部。对其细节处进行了检查……

首先是对尸体的检查。

脱下被害人的衣服和内裤，依次检查。被害人眼睛微睁，鼻尖有少许汗渍，微张的嘴露出牙齿，牙齿咬住轻微外吐的舌头，混有血的唾液从嘴中流出。

检查其颈部发现有两条很深的绳索勒痕，经确认，勒痕是由绳索从脖前紧紧勒住造成的，但在死者身边没有发现作案的绳索；在脖子前面和侧面的勒痕处共有三处轻微脱皮，经推断，作案的绳索可能如被害人身上腰带一样，柔软而又结实；胸口中央处有直径三毫米、呈黑褐色的针痕，针痕的竖直方向和斜方有类似抓痕的印记，右边三厘米处有两处淡褐色的

---

① 肌襦绊：和服下贴身穿的衬衫，汗衫。
② 夹和服：加上里子缝制的和服，相对于单衣和棉衣而言。

点；在离右膝约五厘米的地板上发现一根类似阴毛的卷曲毛发，在左大腿的内侧也同样发现一根。

从尸体僵硬程度推测已经死了三至四天。由于白天平均气温 3 摄氏度左右，夜间平均气温零到 1 摄氏度左右，造成尸体腐烂的速度要比平时慢，这种寒冷的天气令尸体较好地保持了原貌。

检察官下达指令，尸体送到 R 大学医学部法医室进行尸检。

下面是 R 大学医学部副教授写的一篇《尸体解剖检查记录及鉴定书》，里面记述了东京地方法院要求鉴定的事项，如下所记：

①有无损伤。

②死亡原因。

③凶器的类型。

④死前有无被性交行为。如鉴定为强奸，是否属于奸尸行为，精液的类型。

⑤死亡时间。

⑥有无性病。

解剖检查记录里全是医学用语，比警察的现场侦查笔录要难理解，属于细节写实主义文风。

"牙齿上颚的右外门牙戴着白色金片，下颚右排第一颗白齿因为蛀齿而存缺陷，无其他损伤；从智齿开始，逐步排查了胸腹部、下腹部和四肢的外表，重点是颈部有致其死亡的绳子勒痕。经确认，左右侧勒痕从上缘到下缘的直径约为 1 厘米，在前颈勒痕下缘距上缘约 0.7 厘米处有深约 0.5 厘米、长约 5 厘米的凹陷，其中间部位凹陷最深。除此之外，还发现了大量左右直径 0.2 ～ 0.3 厘米的褶皱，沿着该褶皱……"主要记述了关于勒痕的检查情况。

背部、上肢没有特别的损伤，右下肢小腿前面上半部分有两个大约豌豆大小的皮下出血伤痕。不存在精液，其他部位无出血，无异常。肛门闭合，周围没有粪便污染。关于身体内部的检查，第四根肋骨的一半和第五根肋骨的大部分有骨折现象，左肺和右肺有大量麻籽大小的血点，胃里少量残留经过消化的米饭、鱼肉和蔬菜，这些残留物同样在空肠和回肠内也大量发现。

这是在《说明》后法医向法院提交的《鉴定》，回答了有关问题。

①有颈部致命伤。

②死者由于前颈被勒住而窒息死亡。

③勒痕是由棉布材料的绳子缠绕颈部并勒紧所致，胸腹部的伤是由重物的强烈冲击造成，右下肢的皮下出血是由重物作用产生。

④没有尸体生前有过性交行为的证据，阴道附近和阴道内没有精液。

⑤死亡时间在尸体解剖前的四五天。

⑥无性病。

对栗山敏夫的第三次询问开始。

"你知道萩野光治作为杀害你夫人的嫌疑人被逮捕了吗？"询问人仍是石子警官。

"知道，我读了昨天的晚报。"栗山敏夫目光朝下，低低地回答道。

"你家后门、起居室的厨房、桌子还有六张榻榻米大小卧室的隔扇、拉门、柱子上均有萩野光治的指纹。当然，作为房子主人，你在家里各个地方也大量残留了新旧指纹，而萩野光治的指纹都是新留下的。"

"荻野光治承认杀害了我妻子吗？"

"他承认在二月三号夜里闯入你家，就是你住在福岛他家的第二天晚上。他二月三号下午两点四十三分乘坐特快列车从福岛出发，六点半到达上野，在上野车站附近徘徊了一个小时左右，之后在八点多到了你家。他此行去你家的目的想必你已经明白了。前一天晚上留宿在他家的时候，你告诉他四号下午从仙台返回东京，晚上到家。也就是说，荻野光治知道三号晚上你在仙台，于是，他趁你不在家的这天晚上去你家，目的不是昭然若揭了吗？"

"我知道荻野光治对我太太抱有好感，也知道他在暗恋我妻子，但我没想到他竟然做出如此胆大包天的举动。"

栗山敏夫周正的五官因为怒火中烧而扭曲变形，眉宇间起了深深的褶皱。

"刚开始荻野光治承认因为有急事去了东京，不过他否认去了你家，但是由于他的指纹在你家中被发现所以未能开脱责任，最终承认他撬开锁着的后门闯入家中。起初，他在你家玄关处喊了你夫人的名字，但是家里的灯没开很暗，又没有人回答，于是他下定决心从后门潜入。"

"荻野光治进去后和我太太说话了吗？"

"没有，荻野光治没有招供这一细节。他说，进入后家中空无一人。"

"我太太没在家吗？"

"荻野光治说不在家。不过，或许这是他在万般无奈的情况下设法为自己开脱。通常，嫌疑人对于最关键的证据是竭尽全力隐瞒的，能不说就不说，能少说就尽量少说——真相的轮廓此时已经浮现，关键之处一旦捅破，则全线溃败，结果不是死刑就是无期徒刑，所以必须拼命隐藏核心事实。但是，我判断荻野光治迟早会和盘托出，从他在审讯时放声大哭的情节中可以看出，他的内心防线已经崩溃。"

"请等一下。如果我太太是在睡觉时被他袭击，那被子应该就放在原地吧？难道说荻野光治事后还专门把被子叠好放回到壁橱吗？我四号晚上回到家时并没有发现宗子睡觉时铺的被子，这又是怎么回事呢？"

"肯定是荻野光治放进壁橱里了。其一，你四号回家发现睡觉的被子已经铺好而你妻子人却不在，势必会立刻起疑心。其二，他们的搏斗使得被子变得凌乱，为了掩盖现场，荻野光治把被子叠起来放到壁橱里。你一定没注意到吧，我们从壁橱里拿出被子时发现上面有很多起皱的地方。"

"是因为我太太一直抵抗荻野光治直到最后吗？"

"是的。他在你妻子睡觉时欲行不轨，或许是你太太发觉后激烈反抗、大喊大叫起来，他就用她睡衣上那条没系的腰带勒住她的脖子——嫌疑人为了不让被害人出声，慌乱之中通常勒紧对方的脖子。你太太当时也许只是失去意识还没死，因为被子和榻榻米上没有血迹和呕吐的东西，真正断气是被抬到储物间的时候，储物间的水泥地面上有少量血迹和呕吐物。"

"荻野光治行凶的目的是为了满足他的性欲吧？但当我妻子宗子失去意识后，他为什么不去实现他的愿望呢？"

"因为他胆小。即使是凶残的犯人，也不会在被害人失去意识的时候作案，而是等到被害人真正死亡以后。从这点上看，你太太算比较幸运的。"

四

　　丈夫外出，妻子一人独自在家而遇到不测事件的案例很多，或被入室行窃的盗匪杀害，或被闯入家中劫色的流氓恶棍侵害，甚至还有被来家做客的好朋友所伤——这样的刑事案件一年不知有多少起。

　　警方推测栗山宗子被杀事件也是属于这类犯罪，而且作案手段老套。这起案件的嫌疑人是被害人丈夫的朋友，他并非是丈夫不在家时与其妻子见面产生了情欲而加害于对方，而是明知丈夫外出，为了强奸其妻而特地赶来闯入其住宅的。

　　因此，警方认定萩野光治是犯罪嫌疑人，暂以私闯民宅罪逮捕，随时会变为故意杀人罪。

　　"栗山敏夫是二月二号晚上八点来我家的，他说福岛有位卖海产品的老板是他的顾客，所以就来这里推销车辆，顺便来了我家。他又说因为在福岛卖掉了一辆轻型货车，心情很好，同时告知我他四号晚上返回东京。我和栗山敏夫在同一所学校读书，他是我的学长，两年前他在仙台分公司工作的时候我经常去他家，我们走得很近，我也认识了他的太太宗子。"荻野供述道。

　　实际上，我很喜欢宗子，但我一直隐藏于心从未向她流露过。不过，我觉得她似乎有所察觉，也许栗山君也感觉到了。我很不满意我老婆瘦弱的身材，自然喜欢宗子那种丰满的曲线。而且，宗子给人的感觉是高冷矜持，不会刻意讨好别人，这正是她吸引我的魅力所在。回头看看我的老婆，总是对我大献殷勤，热情过头，让我产生一种逆反情绪，觉得她很腻烦。

　　栗山君二号晚上住我家，三号早上乘坐去往仙台的列车。那天，他和去上班的我一同出门，当时我没有别的想法，到了公司后，我突然想到今晚栗山君不在东京的家，只有宗子一个人，于是内心油然而生了一股想单独和宗子说说话的冲动。之前栗山敏夫总是在身边，从来没有和她敞开心扉聊天的机会——尽管我一直憧憬着两人单独相处聊天将是何等愉快的事情——而且我决定，一旦有这种机会我一定向宗子表明心意，让她知道我喜欢她。我当时就是这么想的，绝对没有任何想伤害她的意图。我开始想把这个想法变成现实，于是给老婆打电话说我要去东京出差，对公司方面称我家中有急事，下午早早离开了公司。到上野车站后徘徊了一个小时，乘出租车去足立区新井的栗山敏夫家，如我之前所说，到达时已经八点多了。

栗山敏夫家大门紧闭，我按了四五下门铃仍没人开门，我很失落，觉得可能扑了个空。好不容易从福岛跑来，就这样失望而归心里不免遗憾。但我转念一想，也许栗山宗子已经睡了，或者因为独自在家，深夜即使有人来访也不会开门，于是我小心翼翼地来到她家后门，试着要打开门。后门果然锁住了，但事到如今，鬼迷心窍，破门而入的念头越发强烈、难以遏制。于是就找来附近地上的钉子还有尖尖的石块把门撬开了。

进门后，我发现家中一片漆黑。因为我来过他家好多次了，所以轻车熟路地找到了墙壁上的开关。灯亮后我通过起居室，来到里面的卧室——一个四张半榻榻米大小的房间和两个六张榻榻米大小的房间。我一间一间地拉开隔扇或拉门向里张望。尽管如此，我并没有擅自闯入，而是先在门口呼唤两声才拉开隔扇的，正是这个原因到处都留下我的指纹，我没在任何一个房间看见铺好的被褥。

哪儿都没有看见宗子的身影，看来她也外出了，我来得不是时候。我很失望，但另一方面又觉得这样的结果未尝不是好事，庆幸自己没以这种不正常的方式与她见面，心里反倒舒了一口气。当时我没有去储物间，我想象不到宗子会在那种地方。之后我把灯关掉，把后门关上离开了。不过，从里面上锁是不可能了，也没办法掩盖门被撬开的痕迹。门上留有我的很多指纹，是因为我在撬门的时候费了很大的劲。那天晚上我去了上野附近一家名叫花房的旅馆住了一夜，这家旅馆以前从未去过，第二天早上六点四十分乘坐特快列车返回了福岛。十点多到达福岛站，到公司已经十一点半了。

我上述的一切全是事实，绝对没有说谎，绝对没有任何隐瞒。如果以我不正常的行为而怀疑我杀害了宗子，我不能认同。宗子当时不在家，我也从来没有去过储物间，难道储物间的门上也有我的指纹吗？这

个问题刑警先生没有告知我，我认为储物间门上根本
不可能有我的指纹，因为我没去过，当然不会有。

储物间的门上确实没有发现萩野光治的指纹，但是，也有
刑警认为这是萩野光治戴了手套的缘故。卧室拉门上的指纹是
在杀害宗子前留下的，所以没有特别在意，也就是说，萩野光
治最初并不是以杀害宗子为目的，只是想和她发生肉体关系，
所以并没有留心指纹的事情，在宗子激烈反抗将其勒死后，这
时萩野光治自己就成了杀人犯，以一个犯人的心理去考虑问
题，戴上事先准备的手套，把失去意识的宗子拖到了储物间。
也可解释因为外面天冷，随身携带了手套。但是萩野光治断然
否认了他身上带着手套。

他为什么要把宗子抬到储物间呢？这也是犯罪分子的通常
心理，为了尽量拖延罪行被发现的时间？这在熟人犯罪的案件
中很常见。为了避免处于昏迷状态的被害人醒过来，犯罪分子
再次施暴将其彻底勒死，这也是熟人作案的惯用手段，如果被
害人醒过来还能说话对他们就极为不利了。萩野光治的作案手
段应该属于这种。

那么，萩野光治为何不对处于昏迷状态的宗子实施强奸
呢？强奸案中对被害人死后实施奸污的例子是屡见不鲜的。各

位刑警表示不能一概而论，此种现象不发生在熟人之间，通常见于强盗、色狼等的作案中，如果在被害人生前有过交集，不会残忍到这种程度，不管怎么说，面对熟识的人强奸者定会胆怯而无法实施犯罪。

　　正当刑警们全力以赴根据萩野光治的供述进行深入勘查之际，侦查本部传来惊人的情报——栗山敏夫为其妻栗山宗子买了人寿保险，保险金额为一千二百万日元，保险金受益人自然是作为丈夫的栗山敏夫。

　　当然，栗山敏夫本人也申请参保，但是他的保险金额只有区区二百万日元，令人生疑，倍觉奇怪。

　　假如是栗山敏夫杀害了宗子，他的目的就是为了获取妻子的巨额保险赔付。但案发时他在仙台出差，不在现场，不可能有作案的机会。此处有诈？

　　警察目标发生惊天逆转——立刻锁定栗山敏夫，开始对他的生活状况进行调查。很快，警方发现他有赌自行车赛和赌马的爱好，因为有提成收入，他在外面的生活比普通上班族要奢侈得多，他喜欢喝酒，出入高档酒吧，很有女人缘，个人生活不太检点，等等。正因如此，他欠了不少债——正好符合收入越高负债越多的定律，收入的钱全部用于吃喝玩乐。他是做销售这一行的，口才好，对人恭谦有礼，从不得罪人，因此一切做得隐蔽，难以察觉。

在外有负债、为妻子购买人寿保险一年后妻子遇害——两件事恰好对上。他们的夫妻关系尽管没有恶化到人尽皆知，但已经发生了冷暴力。宗子知道栗山敏夫在外花天酒地、寻花问柳后没有大吵大闹，而是采取了毫不关心的冷战态势，原本她就是一个性格孤僻、冷若冰霜的女人，加上对丈夫失去信任，家庭的冰冷氛围可想而知。难怪栗山敏夫动辄出差。

不过，栗山宗子好像也没有情人，丈夫出差时她就会去静冈的妹妹家小住一段也是事实。由于不知道丈夫栗山敏夫打着出差的幌子在外干了些什么，所以去妹妹家权且当作解闷散心了，与沉溺于花前柳下夜夜笙歌的丈夫相比，宗子真算得上是位贤惠妻子了。

在静冈的妹妹昌子比宗子小五岁，是当地的高中老师，邻里人都说昌子性格耿直，和姐姐一样，和她有过接触的警员也认可这一点。昌子告知姐姐从今年开始就没有来她这里居住过，曾经说好二月中旬来静冈的，因此即使栗山敏夫出差，在一月末二月初期间宗子也不曾来过。

昌子六号接到栗山敏夫的电话，得知宗子好像自一月末以来就不在家里。尤其当栗山敏夫问有没有去她那里时，昌子真的吓了一跳。她很担心姐姐的下落，巴不得立刻赶到东京，但栗山敏夫极力劝说让她再耐心等一会儿。接到姐姐意外死亡的消息后，昌子号啕大哭，难以自持。她情绪激动地说，自从接到姐夫的电话后她就觉得凶多吉少，她难以用语言表达内心的悲痛。

昌子并不知道姐夫栗山敏夫在外的种种劣行，因为栗山宗子没有向她透露过纤毫，推测是栗山宗子认为对自己的亲妹妹讲这些事情有伤自尊，没有勇气道破那些闺房隐私。

警方初步认为栗山宗子被害的时间是一月三十一号。因为二月二十九号晚上栗山敏夫从出差地的山形县天童温泉旅馆跟在家的栗山宗子通过电话。有证据证明，二月二十九号晚上栗山敏夫确实通过旅馆前台拨通了东京家里的电话，电话为时三分钟。据旅馆总机女接线员说，电话接通后对方说了一句："你好，这是栗山敏夫的家。"女接线员告诉她是您先生打来的，那边回答："啊，好啊。"接通后女接线员就没有再听通话内容了，但对方的说话口吻确实是妻子的。

因此，推断二月二十九号晚上栗山宗子还活着，不，据栗山敏夫的供述，在他二月四号晚上回家时，发现一月三十一号晚刊以后的报纸都堆在信报箱里，也就是说，栗山宗子阅读了三十一号的早报。这一点也得到了证实——警方严格搜查了栗山敏夫家后，在起居室发现了三十一号的早报，显然是读过后又折起来放好的。因此，推断栗山宗子是在三十一号读过早报之后至二月四号晚上十一点栗山敏夫回家之前的这一段时间被杀害的。倘若萩野的供述是真实的，他在三号晚上悄悄潜入栗山敏夫家的时候栗山宗子已经不在人世了。如果那个时候栗山宗子已经死在储物间，那么时间范围又缩小了，变成了从一月三十一号早上到二月三号晚上八点之间。

这个推断和尸体解剖推断的死亡时间大体一致。但还有一个值得关注的是栗山宗子是穿着睡衣被杀的，三十一号的晚报还留在信报箱里，这意味着她穿着睡衣是当天早上她还处于没起床的状态。也就是说，栗山宗子早上醒来后去信箱取了早刊报纸，然后在起居室的桌子上快速浏览了一遍，因为穿着睡衣感觉很冷，换衣服之前再回到被窝暖和一下——这种行为在寒冷的冬天是能够解释得通的。凶手在那之后溜了进来，为了拖延栗山宗子的尸体被发现的时间，制造了栗山宗子失踪的假象，这种推理也可解释为什么栗山宗子的被褥被胡乱一把塞进壁橱的原因，如果被褥按原样铺在榻榻米上，就暴露了栗山宗子可能在家的现状。

刑警从邻居口中得知，栗山宗子难以亲近，基本上不与周围人打交道。在东京，邻里之间交情本来就不深，更何况栗山宗子多数情况下宅在家里不出大门，因此，四五天没有看到她也不足为怪，不会引起任何人的警觉，邻里们本身就不关心谁在谁不在。

栗山敏夫家旁边有一块车库紧挨的空地，邻居岛田家隔着一条小路，中间用一道水泥墙隔开，邻居把水泥墙的一侧当作庭院，所以和栗山敏夫家完全老死不相往来。此外，栗山敏夫家又以一道石墙为界与位于北邻的河合家相隔，这户人家也把石墙内侧作为自家的庭院，因为绿植种满庭院，所以和栗山敏夫家的住宅有一段距离。栗山敏夫家的前面，隔着两米宽的道路，对面是植田家和樱井家，两家都有砖墙与道路隔开。总而言之，这片地方要想听到邻居家的动静是非常困难的事，这有利于保护个人隐私，但万一发生不测事件，这样的环境可就成了极为不利的事情。事实上，从栗山敏夫报案到警车呼啸而来之前，周围邻居根本不知道发生了什么。在被推断为作案时间的一月三十一号，邻居也没有听到来自栗山敏夫家的任何声音或动静。

五

栗山敏夫一年前为栗山宗子购买了赔付金额为一千二百万日元的人寿保险这件事让警方把注意力转到栗山敏夫身上，换句话说，警方现在认为萩野光治的供述是真实的。

"家中各个地方都有萩野光治的指纹，唯独储物间没有，这难道不证明了萩野光治的说法，他确实没去过储物间吗？虽说有一种可能是他戴上手套把尸体搬到储物间，但从一开始他撬后门时就戴上不更好吗？萩野光治身上没有手套的说法看来是可信的。

"萩野光治说他闯入栗山敏夫家只是想单独与栗山宗子相处，如果是抱着这样的目的，即使因为栗山宗子的反抗把她勒死后也能达成心愿。回顾之前，被害人处于昏迷状态中将其强奸的案例比比皆是，屡见不鲜，但萩野光治并没有这样做。其根本原因应该如荻野光治说的那样，当时宗子不在家，也就是说在荻野光治闯入的二月三号晚上八点，宗子的尸体就已经被抬进储物间了。"

以上就是他们现在的意见。

家中没有被破坏的迹象，所以排除了入室抢劫的可能。实际上，屋里只有栗山夫妇和荻野光治的指纹。尽管发现了一些很早之前不知是谁的指纹，但是时间太久似乎与本案关系不大，可以不考虑。

储物间门上除了有栗山宗子的指纹，还有栗山敏夫新留下的指纹，不过有栗山敏夫的指纹是肯定的，因为他在六号晚上察看过储物间，发现了栗山宗子的尸体。

如果排除荻野光治的嫌疑，那么最大的嫌疑人只有栗山敏夫本人了，尤其是在掌握栗山敏夫为宗子购买人寿保险以及栗山敏夫平时所作所为的一些线索后，更增加了对栗山敏夫作案的怀疑。

石子警官也倾向这个观点。而且，栗山敏夫来值班室报警的举止神态也十分可疑。一般说来，留守在家的妻子被害，理应特别慌乱才对，值班的巡警说刚开始以为他是来问路的，这种平静淡定的表情显然不符合情理。

栗山敏夫二月二日晚上住在荻野光治的家里，乘坐第二天的列车返回仙台。因此他不可能在二号晚上回到家杀害妻子，那么二号前后呢？

警方搜查到的证据中，关于栗山敏夫一月二十六号去仙台出差以后的行动如下所述：

二十六号。始发站上野特快列车九点——终点站仙台十二点五十八分。到达分公司之后去见客户。晚上六点与分公司的同事一起吃饭。十点回到市内津川旅馆休息。（已确认）

二十七号。上午九点半从旅馆出门，十点到达分公司。上午在分公司开会。下午去了市里。晚上七点半左右回到旅馆，十点半左右睡觉。没有见任何客户。（已确认）

二十八号。上午九点半从旅馆出门在仙台站乘坐十点的快车，十一点二十三分到达一之关。拜访市里的客户。下午六点左右住进竹本旅馆。晚上九点左右休息。（已确认）

二十九号。早上七点从旅馆出发。八点乘坐始发站一之关的快车——九点三十二分到达终点站仙台。始发站仙台快车十点零六分——终点站山形十一点四十四分。拜访山形市的客户。始发站山形十八点四十六分——终点站天童十九点十分。去了二见馆。晚上八点半左右，通过旅馆电话总机给东京家里打了约三分钟的电话。十点半左右睡觉。（已确认）

三十号。早上八点半左右从旅馆出发拜访天童市内的客户。始发站天童特快列车十一点十六分——终点站山形十一点三十分。拜访市内客户。下午六点左右住进红花墅，十点左右休息。（已确认）

三十一号。早上八点半左右从旅馆出发。始发站山形九点五十三分——终点站寒河江十点二十八分。拜访市内客户。始发站寒河江十七点十五分——终点站山形十七点四十七分。乘巴士到藏王温泉。下榻若松屋旅馆，十一点睡觉。（已确认）

二月一日。上午十一点多从旅馆出发，乘巴士到山形车站。在市内拜访客户。始发站山形快车十二点四十二分——终点站仙台十三点四十九分。在分公司开会。晚上十点住进市内青柳旅馆。十一点半睡觉。（已确认）

二号。上午九点从旅馆出发。始发站仙台特快十一点十一分——终点站福岛十二点零九分。拜访海产品商山下喜市，两点半从他店里出来。拜访市内客户。拜访伊东电机商会，下午四点离开。晚上八点半去市内××町的萩野光治家，在他家住了一晚。（已确认）

三号。上午八点半从萩野光治家出发，和萩野光治一同出家门。始发站福岛快车十点二十一分——终点站仙台十一点五十分。为了休息，乘坐仙石线去松岛海岸观光，来回三小时。到达分公司是三点半左右。六点和公司的同事吃饭。十点半左右下榻青柳旅馆，十一点半睡觉。（已确认）

四号。上午十一点四十从旅馆出发。始发站仙台特快列车十二点二十分——终点站上野十六点十八分。下午五点半回到总公司，和公司的朋友在新宿喝酒直到晚上十点。（已确认）

五号。上午将近十点左右开车去公司上班。在外跑业务一直到晚上八点二十分，之后去浅草看电影，十点多回家。

六号。上午十点开车去公司。下午五点离开公司。发现妻子的尸体。报案。

表里的"已确认"表示警员已经从有关方面得到栗山敏夫去东北出差后的活动证据，比如从栗山敏夫的客户、仙台分公司职员以及旅馆方面得到的证据。乘坐的列车车次是按照栗山敏夫的记录整理的，因为没有同行者，无法确认真伪。

　　此外，栗山敏夫在各地乘坐列车都会早一或两个小时从旅馆出发，按他本人的说法是为了在市里走走看看，考察各汽车公司的市场占有率。

　　也如他所述，除了列车外没有其他的交通工具。到达各地旅馆的时间以及拜访客户的时间都已证实没错，这样就和列车时刻表相吻合。特别是在寒冷积雪的东北地区，是没有运营性质的长途汽车的。

　　由于被认为栗山宗子在一月三十一号中午前活着，因此这个行程表中三十一号上午之前的内容是不需要的。讨论"不在现场证明"也是三十一号之后。

　　这样推理，栗山敏夫没有可能从东北任何地方返回东京杀害妻子然后再回到东北。从仙台乘飞机也是不可能的。光是坐飞机的往返时间就打破了拜访各地客户以及到达旅馆的时间安排了。

那么，假定栗山敏夫是在四号晚上回来实施犯罪呢？他在新宿和公司里的朋友一起喝酒，晚上十点左右回到家中，不是没可能当晚实施犯罪的。妻子不在家却能心安理得地度过五号一整天，到了六号才给静冈的妹妹昌子打电话询问，这一点怎么看也不合逻辑，确实令人怀疑。

但这样的推断又与尸检结果不吻合。根据鉴定，宗子死亡时间应该是在二月二号或三号，绝不可能在三号以后。在常年从事刑事侦查的老刑警中，每当凭感觉得到的推断与法医鉴定结果不一致时，有人会无视法医专家的意见或是嘲讽他们技术差，但是石子警官截至目前还没有采取不科学的搜查方法，关于被害人的死亡时间他认同解剖医生的意见。

那么，我们再来看一下一月三十一日到二月三日已经得到证实的栗山敏夫行程表，无论是哪一天他都没有时间返回东京杀害他的妻子——三十一号去寒河江在藏王温泉下榻。一号回仙台住。二号去福岛住在萩野家。三号回仙台，往返于松岛，晚上和分公司的人吃饭，入住市内的旅馆，睡觉。

无论有多少证据，只要有不在场证明，一切证据都无效，一切疑惑也就不复存在。

警方无法打破直觉的壁垒。

然而，无论"机会"多么微小，它一定客观存在，只是暂时潜藏在某个地方，找到它的关键就是直觉。

　　机会来了！石子警部补①回到警视厅时，看到有一个三人强盗团伙正在接受审讯——这帮人开着偷来的车在东京都内四处转悠，实施入室抢劫。

　　偷车？等等……对了，栗山敏夫就是卖车的！他不仅对车熟悉，驾驶技术也十分娴熟，石子警官想。因没有车库，很多车就停在路上，所以经常有人偷车，东京都内每天都有偷车事件发生。

　　假设栗山敏夫在东北出差期间偷了一辆车，那么就完全能颠覆他那些已经被证实的日程表。石子警官异常兴奋，和宫城县警察，还有山形和福岛县的警察取得联络，从地方警察那里得知，这三个县都发生了多起盗车事件，从一月二十六日到二月三日，几乎每天都有。尽管汽车已经普及，但是盗车案未破案件超过半数以上，被盗车很难找回。在一月二十六日到二月三日之间，仙台市接到的盗车报警数平均每天三至四个。

　　然而即使在这些盗车案中有涉及栗山敏夫的，对整个案件的侦查也都不会有影响。

<hr>

①　警部补：警官的警衔之一，警部之下，巡警部长之上。

石子仔细地研究栗山的日程表——这已经是他第十次仔细阅读了。不是说"书读百遍其意自见"吗？石子警官果真发现了一个至今都没有注意到的破绽。

　　栗山敏夫三十一号先去了寒河江又去了山形市，之后在藏王温泉下榻。这次出差他总共拜访了山形市的客户三次。山形市是县厅所在地，客户多理所当然。但是为什么去寒河江而不是去米泽市呢？米泽市比寒河江的人口要多得多，客户也自然要多，如果按外行人的思考方式，要么不去寒河江，要么减少去山形的次数改为去米泽市。

　　不，这是局外人的思考方式。石子警官吩咐警员们立即去岩崎汽车公司营业部，了解到在米泽市确实有很多特约店，客户不少。那栗山敏夫为什么不去米泽而从山形县回到仙台呢？

　　石子警官认为栗山敏夫回仙台是因为二月一日有什么事使他不得不回去。

　　"二月一号。始发站山形快车十二点四十二分——终点站仙台十三点四十九分。在分公司开会。晚上十点住进市内青柳旅馆。十一点半睡觉。"

　　二月一号栗山的行为没有可疑之处，除了销售之外他什么也没做，没发现他有什么明显的私人行动。但是，即使是销售也没有必须要回仙台啊。

"二号。始发站仙台特快十一点十一分——终点站福岛十二点零九分。拜访海产品商山下喜市。拜访市内客户。下午四点离开伊东电机商会。晚上八点半去萩野光治家，在他家住了一晚。"

一号到二号没有发生任何与销售没关系的行动。为了销售，栗山敏夫马不停蹄地跑了很多地方，靠提成吃饭的销售员大抵都要做到这份儿上吧？石子警官十分感慨。

二月一号和二号仙台都发生了盗车案，此外福岛市也发生了盗车案。假设栗山敏夫真的盗车行凶，也不可能做到把在东京的妻子杀害。因此，栗山敏夫没有在一号必须回到仙台的理由，那么他为什么不去米泽销售呢？虽然他计划在二号去福岛市，但是从米泽到福岛也有直达的奥羽本线，乘列车大概需要四十分钟，比从仙台到福岛还要近。

每个人都有所谓的"偏好"，按常人的理解，这种"偏好"很多情况下是说不通的。虽然不能因栗山敏夫不去米泽就断定他有作案嫌疑，但他的行为肯定事出有因，只是现在无法找到这个"因"到底是什么。

在怀疑栗山敏夫有作案嫌疑的当前阶段，绝对不能当面询问，必须从周围人那里获取更多的确凿证据才行。

石子警官再次把目光对准栗山敏夫四号回东京的所作所为。那天他从仙台回来，下午五点半到公司，在新宿和公司的同事一起喝酒，十一点回家。从回公司到在新宿喝酒的行为已被他的同事证实没有问题。

五号上午九点五十到公司，然后去外面跑业务没有回公司，八点二十在浅草看电影，十点多回家。以上是栗山敏夫的自述，石子警官注意到他这天的行动很多无法证实。

从岩崎汽车公司得到栗山敏夫上午九点五十分到公司上班，但马上就出去了，之后就再也没回公司。当然，这对销售员来说也是司空见惯的，不足为怪。

警员向营业部的负责人询问栗山敏夫那天具体去哪儿跑业务。

销售员通常会在第二天提交前一天外出的销售情况报告，栗山敏夫的这份报告书写着在五号上午十点半从公司出发，开着自己的车去了栃木县的宇都宫。宇都宫有岩崎汽车公司的特约经销商，店主对栗山敏夫很熟悉。栗山敏夫有时也会去宇都宫帮帮忙，没什么可疑的地方。栗山敏夫所述的"出去跑业务"当然也包括宇都宫了。

警员去宇都宫找特约店的店主证实这件事，据店主说，栗山敏夫下午三点半来店里，和他讨论了今后的销售方案，谈了约四十分钟。栗山敏夫说他将直接回东京后就离开了。二月份的气候，下午四点就已经天黑了。尽管道路积满雪，栗山敏夫开车马上返回东京也不是不可能，店主因此没有挽留他。从宇都宫到东京自驾需要四个半或五个小时，如果栗山敏夫四点多从宇都宫的店里出来，到达东京应该在九点前后，可是栗山敏夫说他十点多回到家，这样一来就没有看电影的时间了。

　　到底是怎么回事呢？警员们被绕晕了。为什么栗山敏夫把宇都宫之行含混地说成"去跑业务"呢？去宇都宫是事实，他为什么不直接说去宇都宫了呢？

　　看来，这个问题要直面当事人了，石子警官派警员当面询问了栗山敏夫。下面是关于栗山敏夫回答的报告。

　　"因为宇都宫隔三岔五就要去，所以习惯说成'去外面跑业务'没错。我认为没必要详细说明工作去向，公司没有这样的要求。报告书已经按时交给公司。因为那天路上没什么车，从宇都宫回东京比平时要早，八点多就到了。八点二十分进的浅草×× 电影院，看了一个小时的电影。然后在路边停好车，进家门十点多了。"

　　根据警员的报告内容，栗山敏夫八点二十分在 ×× 电影院看的电影与实际相符，此外，从交管局得知四号晚上日光大道（宇都宫—东京）的车辆确实很少。

而且，即使栗山敏夫的供述有可疑之处，但也没有证据证明他能马上回到东京杀害妻子。结合配送的报纸以及萩野光治的闯入，可以推断出栗山宗子的死亡时间在一月三十一日上午到二月三日之间。经法医鉴定这之后的时间段是不可能的。

在石子警官苦苦思索之际，又得到一份情报。"我打探到一些有价值的消息。昨天是二月十号，是栗山家举办被害人的头七祭奠活动之时（确切的死亡日期虽不能确定，姑且就先按第七天算），被害人的妹妹昌子从静冈来了。头七仪式结束后开始分配栗山宗子的遗物。昌子提出要姐姐的那件羊毛两件套，栗山敏夫说两件套找不到了，之后如果找到了就给她送去。昌子说那件套装是姐姐去年秋天才做的，不可能不在家里，一定在姐姐的衣柜里，说自己去找找看。昌子当时的想法是既然姐姐不在了，她和栗山敏夫之间也没有什么亲人关系了，所以要把自己想要的东西拿回去。对此，栗山敏夫冷冷地回答道：'找不到的东西即使现在去找，还是找不到的。我慢慢找到了会给你送回去的。'昌子显得非常不高兴。这些话是那天出席头七仪式的人说的。"

"嗯，栗山敏夫把老婆的衣服偷偷送了喜欢的女人吧？"

"昌子就是这么猜测的，所以要求把姐姐的衣服拿回去，她应该猜想到栗山敏夫把姐姐新做的衣服送了外面的女人。这个消息对案件有帮助吗？"

"谁知道，现在我想不出头绪。如果羊毛套装是在栗山宗子被杀之前丢失的则另当别论了，可是在死之后就不好说了……"

"如果死时能穿着自己喜欢的服装就好了，穿着睡衣被杀实在可怜啊，当然要比赤身裸体强。"

正如石子警官自己所说，得到这一信息他的脑海没有立刻闪现什么想法，但刑警无意发出的感慨却给石子警官一个启示。

接着往下推断。

栗山宗子的新套装既然不在家中，会不会是她穿着这身衣服去了什么地方然后失踪了呢？

这种推论也有些不合逻辑——倘若如此，她要么随身带了换洗的衣服，要么就是裸着回来。她到底去了哪里？目前并没有发现栗山宗子有情人，也没有发现她有关系不错的闺蜜，所以能让她把穿着的衣服脱掉的地方是没有的。她能去的只有静冈的妹妹家，但是已经证实在栗山敏夫出差期间她没有去过妹妹家。

姑且不论那套装在哪里，在栗山敏夫不在家期间栗山宗子穿着它外出不是没有可能。向周围邻居调查时他们并不知道栗山宗子外出的消息。在人情冷漠的环境中，没有人会注意栗山宗子是否出门，尤其是现在这样寒冷的季节，每家每户白天都是大门紧锁宅在家里。

六

判断失误的大多数情况是受到既有观念或是先入之见的影响。比如，在自杀或殉情多发的地方，很多他杀事件也被当作自杀来对待；在交通事故频发的路段，司机自杀的情况也被当成交通事故来处理。再比如，政敌较多的政治家遭遇暗杀的时候，人们通常只考虑政治因素而忽略了个人恩怨。

栗山宗子去年新做的套装不翼而飞、尸体穿着睡衣以及手下那句"总比裸着好"的感慨强烈地刺激着石子警官，促使他的大脑飞速地运转。

从仙台到福岛开车约需要两个小时，加上路有积雪，花的时间可能会更长。二月二日，栗山敏夫从仙台站出发乘坐十一点十一分的特快列车去福岛，可他九点就从青柳旅馆出门了，按照他的说法是，无论去哪里他总会比列车开车时间提前一两个小时出门，借此在当地看看，给销售提供些参考。

栗山敏夫上午九点从仙台的旅馆出门，在仙台附近的某个地方，把前一天晚上停放的车开走。假设他是开着这辆车去的福岛，路上花两个半小时，进入福岛市内是十一点半，如果花三个小时那么就是十二点。从仙台站乘坐十一点十一分的特快列车"山彦"到福岛是十二点零九分。栗山要在十二点半拜访海产品商山下喜市，所以他把从仙台开来的车放在某处，之后步行去拜访山下喜市先生，这样就能装作是乘特快列车到的。

栗山敏夫成功向海产品商卖出一辆车，这次商谈持续了两个小时，离开店里是下午两点半，之后他拜访了市内的客户，从最后的客户伊东电机商会那里离开是四点整，天已经开始黑了，二月上旬福岛地区的日落时间是下午五点零一分。

但是栗山敏夫到萩野家的时候是晚上八点半，从最后的客户伊东电机商会到萩野家，除去乘巴士所需要的时间还剩两个小时，这个时间段栗山敏夫在干什么呢？

石子警官推断栗山敏夫去萩野家其实是想把福岛当成中转站。他在萩野妻子的劝说下留宿，但他没必要非得住在那里不可，完全可以住在市内的旅馆。只是来福岛一趟如果不去朋友家不符合常理，所以就顺道来了。因此他特意向萩野夫妇强调四号回东京。

完全让栗山敏夫意想不到的事发生了——萩野光治知道栗山敏夫出差后，想趁他不在家之际和夫人宗子单独相处亲热，于是去了他东京的家。萩野光治的举动一时间让案件侦破陷入混乱，形势变得对栗山敏夫有利。但是，因为萩野光治供述闯入栗山家的三号晚上栗山宗子并不在家，所以从这点突破，可以推断出栗山敏夫有重大作案嫌疑。

回到刚才的话题。

栗山敏夫到萩野家之前的剩余的两个小时足够让他完成某件事，他开车从仙台来，把车放到福岛市附近无人看见的地方——在有积雪覆盖的田间小道或是空旷地带停车，因为人烟稀少，于他而言是十分隐蔽和足够安全的。

如果有两个小时时间，栗山敏夫开车去选择停车地，可以停放在比福岛更往南的地方，但考虑到回福岛需要的时间，所以单程花费的时间为一个小时，那么去郡山市附近是合适的，在那里把车停放在人少的地方，回福岛可以在郡山站乘列车，看一下时间表可知有从郡山发车的十八点四十一分的下行快车，到达福岛是十九点二十一分，所以能在八点半左右到萩野光治家。

三号早上八点多，栗山敏夫同要去上班的萩野光治一起出门，在中途和萩野光治道别去往车站。他没有去开往仙台方向的站台，而是去了上行的站台，乘坐八点二十七分的特快列车在九点零一分到达郡山。

在郡山附近停放车的地方再往南走能到哪儿呢？如果有一个多小时的时间，能开到黑矶以南的西那须野一带，在那里像之前一样把车藏起来，之后还有足够的时间赶上西那须野十一点三十五分的下行快车"松岛一号"，到达仙台是下午两点三十一分，恰好和栗山敏夫在下午三点半去仙台分公司的时间是吻合。栗山敏夫撒了谎，从他的行动来看，绝对没有乘坐的士或是租用车，而是乘坐了乘客较多的铁路或巴士，这样做是为了掩盖他的谎言，让别人找不到证据。

四号，栗山敏夫从仙台返回东京，当天晚上在新宿和同事们喝酒，什么也没做。

五号，开着自己的车去了宇都宫。从特约经销商那里出来是下午四点多，宇都宫到西那须野有四十公里的路程，往返不到两个小时，再加上从宇都宫到东京的四五个小时，栗山敏夫回到自己家的时间应该在晚上十点到十一点之间。至于去浅草看电影，应该是在六号白天瞅了一眼五号晚上八点二十开始放映的电影。去外面跑业务花费的时间也差不多如此。

在西那须野附近，栗山敏夫从在仙台偷的车的后备箱里搬出栗山宗子的尸体转移到自己的车内，然后，抛弃了那辆车。当时他一定戴着手套，所以没留下任何指纹。可以断定，这辆车只要没有再次被偷，一定还停在西那须野一带。

五号晚上十一点，栗山敏夫回到自己家中，从自家车的后备箱里搬出妻子的尸体放进储物间。在这之前，他先把妻子满是污泥的羊毛套装脱下来，再给尸体穿上睡衣。这时的尸体已经不像死后那么僵硬，稍微柔软了些，所以给尸体换衣服也比较容易。

栗山宗子去仙台时穿的那件羊毛套装已经被雨雪打湿，而且在满是灰尘的汽车后备箱里被弄得很脏，连续几天寒冷的湿气也使之变得皱皱巴巴。高级羊毛衫这种东西即使重洗一遍也恢复不了原样，而且还可能被洗衣店的人怀疑，在整理栗山宗子遗物时栗山敏夫不可能把它交给昌子。因为天冷的缘故，尸体并没有怎么腐烂，而且车走的是雪道，四个晚上都停在雪中，车的后备箱起到了冰箱的作用。

栗山宗子必须穿着睡衣躺在储物间里，必须让这一切看起来像"丈夫出差，妻子独居家中的样子"。曾经在某地也发生过一起类似的杀人事件，于是就有了"独居家中的妻子被杀"标题的新闻。读过这则新闻的人看到本次报道后一定会说："啊，看吧，又一起类似的案件啊。"他们怎么也不会想到这次是妻子去了离自己很远的地方被丈夫杀害，然后丈夫又把妻子的尸体从案发现场运回家中。

栗山敏夫在仙台偷的那辆旧的轻型箱式货车在西那须野附近的树丛中被警方找到了，因为连续五天的降雪，车身已完全被雪覆盖。这辆车是二月一日在仙台市内停在路边时被盗的，车内没有栗山敏夫的指纹，后备箱中有拖过东西的痕迹。

"一月二十九号晚上，你从山形县的天童温泉旅馆给家里打电话，女接线员听到了部分电话内容，说你让太太二月一号来仙台，是这样吧？"

石子警官对栗山敏夫说。

这是警方惯用的侦术，在此之前石子警官屡试不爽——用西那须野发现轻型厢式货车这件事逼栗山敏夫招供。

"即便如此，你太太还是想从东京来仙台吧？"

"我对她说有重要的事，要她一号来仙台。"

栗山敏夫开始号啕大哭，心理防线崩溃，他招了——

"我说挪用公司资金赌博之事已经败露，不能立即回到东京了，要马上商量出一个解决办法。到仙台的列车也给指定好了，从上野站下午三点出发的特快列车'云雀四号'，到达仙台是十八点十五分。

"我在下午五点半的时候盗走了一辆停放在路边的车，开到车站接的她，之后带着她说先去旅馆住宿。我开车走国道一直到南边的名取市附近，之后又走西边的县道朝山的方向开，到了山脚下又进了村道。因为积雪很深，所以不能再往前开了。我对栗山宗子说：'挪用的公款是还不起了，与其关进监狱毁掉自己的前程，不如在这里我们两个人一起自杀。'说罢，我拿出事先从家里带来的她的腰带……用剪刀把宗子的套装剪成零碎的细条，之后在六号白天去了晴海海岸，把它抛进海里了。"

松本清张的缩影

阿刀田高

从松本清张众多的作品中推出一部代表作无疑是件难事——即便将目标锁定在深受读者喜爱、令他声名大噪的推理小说范围内。

"究竟选哪部好呢？"

有人认为松本清张的代表作毋庸置疑是《砂器》。恕我直言，我不仅不能苟同，甚至想对他们说：《砂器》的影视化改编虽说很棒，但作为小说本身却是败笔——或许我的说法有些冒犯。

我认为一部虎头蛇尾的作品是谈不上优秀的，《砂器》前半部分的精彩丝毫掩盖不了后半部分的瑕疵。

那么，除了《砂器》，我们再从他的其他推理小说中找找吧。"《零的焦点》如何呢？"我觉得既然是选代表作，最好避开那些初期作品而选择能体现作家在漫长文学生涯中积淀下来的精华的东西，况且，《零的焦点》的缺陷亦十分明显。

相对他的长篇小说而言，松本清张的短篇小说倒是让人无可挑剔，拍案叫绝。我们可以从中选出诸多杰出的名篇，比如

《埋伏》、《黑地之绘》、《潜在光景》等等。然而，用一两篇短篇小说来概括这位著名作家的文学成就似有以偏概全之嫌，真是让人犯难。

于是，我又想到了纪实文学，比如《日本的黑雾》、《昭和史的发掘》等。但是随着新史料的不断发现，这些纪实文学作品也被指出存在些许纰漏。更为重要的是，这样一来我们似乎否定了松本清张作为"小说家"的存在……因此，我断言选出松本清张的代表作绝非易事。

然而我又不得不承认："松本清张就是一位伟大的作家。"

尽管如此，我心里却一直对松本清张是否擅长写推理小说存有疑虑。

仔细回想一下，松本清张并不是靠推理小说来确立文学地位的，至少初衷并非如此——他出道初期的作品就可以证明。比如《某〈小仓日记〉传》、《菊枕》、《火的记忆》、《啾啾吟》、《腹中之敌》等，这些都是揭露社会黑暗和人性邪恶的纯文学小说。而且，这一时期他的作品历史题材居多，这在当时的小说写手中不足为奇，从某种意义上讲，这时的松本清张只能算作一个普通的写手，只是他一开始就对"设谜""解谜"充满执着和好奇罢了。

这种好奇逐渐演变成对现实社会中潜在"谜题"的探究，

而对于那些戏剧性、趣味性较浓的小说题材，比如诡异的杀人事件，名侦探破解罕见案情之类，松本清张应该是不屑一顾的。

然而，巧合的是松本清张竟然凭借《点与线》一书而名声大噪（我倾向于认为此书为其创作的转折点）。《点与线》这部作品中有杀人事件，有作案，也有破案，确实是一部典型的侦探小说。之后，他又陆续发表了《隔墙有眼》、《零的焦点》等侦探类型的小说，同样获得了很高的评价。

——原来读者们喜欢的是这类作品啊！

之后，松本清张便一直沿袭了这种写作模式并将其贯穿整个创作生涯。他始终相信："写作绝不可言之无物，所谓文学说到底是现实社会生活的反映，即便是充满悬疑的侦探小说，也是在洞察和思考现实生活中存在的犯罪心理和犯罪动机的基础上，对真实的社会和人性的描写。"他坚信并坚持在自己的创作中践行这一点。当然，这不是松本清张一个人的功劳，而是文学发展的大势所趋——当时的文坛已经出现了侦探小说向推理小说的转型。简单来说，就是从单纯的智力游戏类推理小说转向揭露现实社会黑暗面的推理小说，当然也可称之为从江户川乱步到松本清张的转型。

虽说是转型，但只要还是推理小说就少不了作案和破案，这样才会符合读者的预期。而松本清张真正想写的是现实的社会和现实的人性，读者想读的充满谜题的推理破案故事并不是他本人的第一要义，因此，松本清张的内心是充满矛盾的——既要迎合大众的口味把作案手段虚构得五花八门，又要兼顾现实中作案手法的局限性；既要保证故事的逻辑性，又要体现作品思想的深刻性，而这些稍有不慎就会本末倒置。在我看来，倘若松本清张不是对推理小说样式推陈出新而是仍以传统的文学样式来达到揭示社会问题的目的，他会成为传统意义上的小说作家。从其晚年作品中隐约可以看出这种倾向，如果他一直坚持下去，相信挑选他的代表作不会成为难题。

　　言归正传。这本由四篇短篇小说构成的小说集与我上述观点多少有些关联，或者说形成我上述内容的佐证。这四篇作品都是松本清张的中期作品，或许他写了太多的推理小说之后产生了倦怠心理，于是转而创作了这些作品（我是这么认为的）。假如推测一下创作的缘由，可能是某文学杂志编辑追着请求他："先生，您也给我们写点东西吧？哪怕一个短篇也好。""嗯，我有空就写。"松本清张满口应承下来。他想用自己喜欢的方式写点自己想写的东西。既不像连载短篇小说那样首先确定一个中心主题，然后再列出几个下属小标题之类的系列作品，也不是按照读者喜闻乐见的那种推理小说的模式来写，而是随心所欲地想到哪儿写到哪儿。这才是作家的本质，是自己的天赋被认可时的愉悦。在我看来，本书就是这样的一部短篇小说集。

对于追求推理过程和破案结局的读者来说本书或许不够尽兴，这四篇作品中只有《留守宅事件》一篇属于纯推理结构。作品讲述了东京的一位妇人在家中被杀，警察多番搜查发现最初的嫌疑犯并不是真正的凶手。那么，谁是真正的凶手呢？被害者的丈夫出现在人们的视野，然而他竟然有不在现场的证明，一般常理推断下，正在东北地区出差的他是无论如何不可能赶回家中作案的。扑朔迷离的案情，逐渐深入的调查，应该符合推理小说爱好者的口味。还有出人意料的结局，无可挑剔的逻辑……

但是，这样的结局对已经深谙推理小说套路的读者来说也许过于老套了。在构思离奇犯罪圈套这一方面，松本清张比不上埃勒里·奎因和阿加莎·克里斯蒂，也许这本不是他的创作目的。总的来说，在松本清张的推理小说中，既有不合逻辑让人觉得无厘头的设定，也有简单得让人一眼就能猜到结果的骗局，以推理小说的评判标准来评定的话，最多可以给他打九十分。这正是松本清张的特征，我们必须承认他有他自己的特点和长处。

再来看看其他的三篇吧。

严格来说，对于充满谜团的推理小说创作，松本清张这三篇小说只能算是勉强达到及格线，充其量也只是创作笔记的水平。似乎他利用闪现的一点灵感绞尽脑汁地去构思——怎样才能使之变成小说？

案件发生——案件调查——出现第二嫌疑人——陷入僵局——继续深入调查——出人意料的圈套——凶手浮出水面——结案，这是一般推理小说的写作套路。这三篇作品如果是按这种套路展开而不是按现在的写法，肯定会成为有模有样的传统意义上的推理小说。

然而，松本清张并没有这样做（尽管他可以这样做）。因为他已经厌倦了这种套路，所以想按照自己的真实想法写一些自己真正想要传达的东西。

《证明》就是真真切切发生在我们身边的故事。

画家守山的恐惧总有一天会让我们感同身受，体会同样的心路历程。松本清张在如实描述一对中年夫妇的感情危机时，不经意流露出一种真实可触的恐惧感，尽管在套路上与典型的推理小说迥异，但它却是一篇非常优秀的作品。

《新开发的区域》讲述了一个发生在市井生活中常见的犯罪故事，街坊邻居的街谈巷议背后暗藏杀机，然而当事人却一直蒙在鼓里，毫不知情。这个故事将我们每个人在日常生活中都有可能经历的可怕事件描写得真实可感，读完不禁倒吸一口凉气。

《密宗律仙教》一篇中，松本清张用细腻的笔触淋漓尽致地描写了一个名为密宗律仙教的宗教团体从产生到消亡的整个发展过程。仅凭此一点，《密宗律仙教》完全可以登上杰出作品的殿堂。最后一幕中关于注射留下针孔一说则在读者心中留下巨大的悬疑。这种以案情发展为主线的推理故事一般都有惯用的写作套路，松本清张显然是不落窠臼而独辟蹊径，使得作品特色跃然纸上。

总而言之，通过这部短篇小说集，我们窥见了一个真实的松本清张，这些作品可以称之为他整个文学创作生涯的缩影。

松本清张凭借推理小说风靡世界，为文学史翻开了崭新的一页。如果没有遇见推理小说这种文学样式，或许他根本不会执着于各种扑朔迷离的案情而沉浸在以揭露社会和人性阴暗面为主题的纪实文学创作中，留下脍炙人口的文学作品作为其代表作。或许这只是我得陇望蜀的贪心，面对仅有的四个短篇，我不由自主地生出这样热切的期望吧。

图书在版编目（CIP）数据

证明 /（日）松本清张著；彤彤译. —北京：东方出版社，2017.11

ISBN 978-7-5060-9931-8

Ⅰ.①证… Ⅱ.①松… ②彤… Ⅲ.①短篇小说—小说集—日本—现代

Ⅳ.①I313.45

中国版本图书馆CIP数据核字（2017）第270361号

证明

（ZHENG MING）

作　　者：松本清张

责任编辑：杨　丽

出　　版：东方出版社

发　　行：人民东方出版传媒有限公司

地　　址：北京市东城区东四十条113号

邮政编码：100007

印　　刷：北京京都六环印刷厂

版　　次：2018年1月第1版

印　　次：2018年9月第2次印刷

开　　本：880毫米×1230毫米　1/32

印　　张：8.75

书　　号：ISBN 978-7-5060-9931-8

定　　价：40.00元

发行电话：（010）85924663　85924644　85924641